時空管理局 02

TIMELINE RESTART

孤泣作品

BY LWOAVIE RAY

讓世界不改變。」
——時空管理局
TIMELINE RESTART

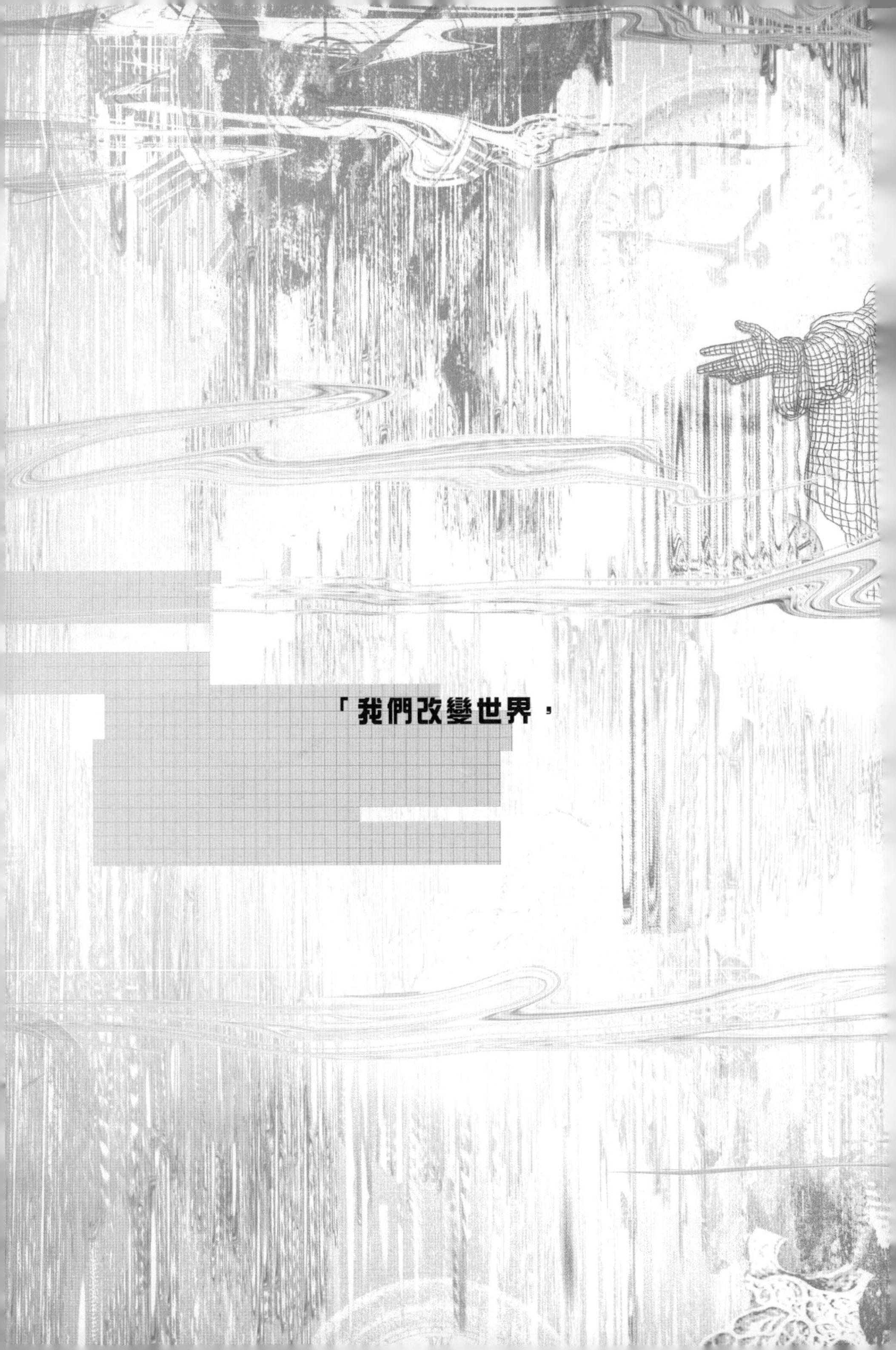
「我們改變世界，

CONTENTS

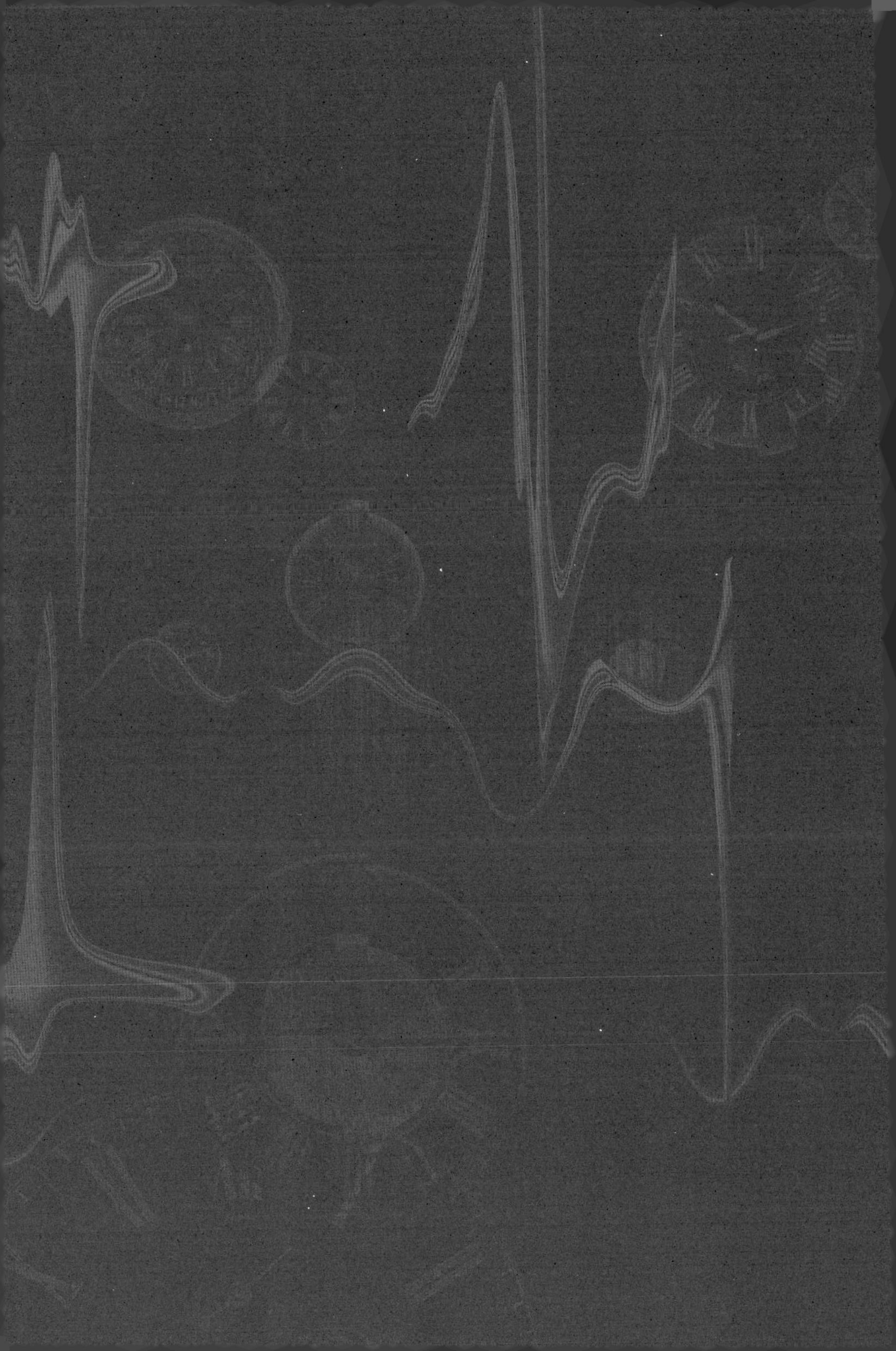

CHAPTER00000 - 序章 III

如果可以給你改變過去，你會選擇改變哪一個時刻？

跟他擦身而過的相遇？

在眾人面前出醜的那刻？

衝動不小心殺死情敵的那一秒？

還是遺憾沒有殺死討厭的人的那一次？

無論是怎樣的選擇，在「奇異點」結算時，只會有唯一的結局，這樣，你也想去改變過去嗎？

或者，我們的人生中充滿了遺憾，不過，就是有遺憾，才算是真正的人生。

只要你有回憶，即使是痛苦多於快樂，來到最後，你已經是……

不枉此生。

……

…

.

2023年。

深水埗汝州街。

「請看看，有沒有見過這個人？」

凝秋香在大街上派發傳單，傳單上印著隱時空的樣子，他已經失蹤了一個多月。

全世界所有人都覺得隱時空已經死了，只有凝秋香沒有放棄，繼續尋找時空的下落。

她試過在網上發出尋人啟事，也試過張貼街招，可惜，依然沒有任何回音，所以她決定在隱時空家附近的街上派發傳單，希望可以多一個機會找到時空。

「秋香，也派了一個多小時。」時空的好友黃添山說：「休息一下吧。」

「好。」凝秋香抹去額上的汗水。

正值夏天，氣溫很高，凝秋香已經全身濕透。

「其實……」黃添山把水遞給她：「為什麼還要繼續這樣做呢？我不是想阻止妳，但怕妳辛苦。」

「我也不知道。」凝秋香看著陽光微笑說：「我總覺得阿隱活在某個地方，而且有人會知道他的下落。」

「無論怎樣也好，我都會支持妳，我也很想找到時空。」黃添山說：「希望時空知道妳為他做的事。」

「不，他不需要知道。」凝秋香笑說：「他回來就好了。」

她想起中學時被人欺凌，只有時空一個會挺身幫助她。如果現在是她自己失蹤，她知道時空也會跟她一樣做。

凝秋香相信，時空不會不辭而別，他一定因為某些原因而消失。

就在他們休息之時，一個中年男人走了過來。

「傳單中的這個男人……」

未等男人說完，凝秋香問：「你有見過他？」

「有，應該是在IFC國際金融中心。」男人說：「好像在一間律師事務所的門外。」

「當時他在做什麼？」黃添山也非常緊張。

「我也不知道，我只是路過。」中年男人說：「不過，有三個人大叫『鬼呀』，然後就跪在律師事務所的門前。」

「三個男人……」凝秋香說：「他有沒有說了什麼？」

「我沒看下去，之後就走了。」

他們繼續追問男人，可惜也沒問出什麼。留下了聯絡之後，男人離開，凝秋香充滿了幹勁。

「添山！阿隱沒有死！」凝秋香高興地說。

「總算有希望了！」黃添山說：「那個死仔可能只是被人追數，然後躲起來吧！」

「我們繼續派傳單！一定有其他人知道他的下落！」

「好！」

從凝秋香的眼中，出現了一絲的希望。

「阿隱，你一定要平安無事！」

她看著藍天，心中說出這一句說話。

《友情就是，連你自己也不相信自己時，他卻相信你。》

CHAPTER00009

我要讓你活下來

LIVE

CHAPTER00009 - 我要讓你活下來 | LIVE 01

行動總部的天台。

四周的風景會每三十分鐘改變一次，有時是杜拜的哈里發塔，有時又會變成珠穆朗瑪峰的山頂，現在，是香港IFC的景色，俯瞰下方，是香港繁忙的車道與街道。

這天，前第一小隊隊長金大水與現任的隊長聊天。

紅髮的男人，他叫秦伯傑。

「我對上一次任務，已經是弄聾貝多芬了，我一直也在放長假，沒想到又要回來幫你執手尾。」秦伯傑笑說。

「謝謝你來保護*愛因斯坦。」金大水在說1922年，郵輪上那個時空：「不過，這是你欠我的，嘿。」

「你這個人真的很記仇！哈哈！」

本來，金大水是第一小隊隊長，而秦伯傑是副隊長，因為金大水調了去第十三小隊，秦伯傑順理成章升上了隊長的職位。

而金大水曾經替秦伯傑頂罪，所以一直以來他也覺得秦伯傑欠了自己。

「在保護愛因斯坦的時空，再沒有出現那些噁心的蚯蚓。」秦伯傑說：「不過，我發現一件很古怪的事。」

「是什麼？」

「隱時空的出現，還有任務中被外來人入侵，全都是從來沒發生過的事，但管理局好像沒有太大反應，你怎麼不覺得奇怪？」秦伯傑反問。

「其實當他們把隱時空派到十二小隊時，我已經覺得奇怪。」金大水說。

「會不會像我們以前所說的……」秦伯傑說。

「我們沒有證據。」金大水說：「就算如此，我們也不能違抗命令。」

「真的是這樣嗎？」秦伯傑看著繁榮的街道。

他這句說話與語氣，金大水想起了一個人……隱時空。

他們兩人很久前已經討論過，現在的時空不是「時間的盡頭」，還有更未來的世界。

知道真相的人，就只有「時空管理局」的高層。

「你試想想，隱時空這個特別的人，為什麼要執行任務？會不會是未來早已經有答案，我們只是依照未來人的方法去完成故事？」秦伯傑說：「就好像我跟你來這裡聊天，其實在未來的時空早已出現了。」

「多想也沒用呢，哈，我們也沒有能力去找出答案。」金大水說。

「的確。」秦伯傑笑說：「如果我們不是時間的盡頭，你覺得未來我跟你是誰先死？」

「當然是你，嘿。」

「那我就要改變未來了，哈哈！」

「沒用的，你不是什麼偉人，時空不會出現漏洞。」

「你又知？」

他們兩個互望笑了。

他們一直是競爭對手，同時，也是最好的朋友。

此時，金大水收到訊號，是雪露絲。

「隊長！大件事了！」她非常驚慌。

「發生什麼事？」

「時空他……時空他……」

「讓我說吧！」畫面出現了竹志青：「那個麻煩人擅自走入任務的時間線！」

「怎可能？你們的任務不是完結了嗎？」秦伯傑說：「所有任務都不可能回到過去，更何況，你們已經修補了漏洞。」

「隱時空出現後，已經沒有什麼是不可能的了，真的麻煩呢……」金大水看著秦伯傑苦笑。

「我已經試過了，不能像時空一樣回到已經完成任務的時間線！」雪露絲說：「現在怎麼辦？」

「他去了什麼時間和地點？」金大水問。

「1942年……奧斯威辛集中營！」

就是他跟希特拉見面的三年後。

「好吧，我現在回來，再想想方法！」金大水說：「記得，現在別要跟其他人說。」

「知道！」

「看來你們十三小隊真的問題多多，嘿。」秦伯傑笑說。

金大水無奈地搖頭苦笑。

《當改變還未出現時，都會有人說不可能。》

＊歐拔・愛因斯坦（Albert Einstein），生於1879年3月14日，1955年4月18日逝世，享壽76歲。

CHAPTER00009 - 我要讓你活下來 LIVE 02

1942年，奧斯威辛集中營。

「地獄」。

我已經來了這裡一星期，每天都過著地獄般的生活。

我看著手腕上的裝置，完全沒有反應，我開始後悔為什麼要來這個地獄。

「時空，放心吧，我很快就會找到回去的方法。」藏在我帽子內的基多圖說：「我沒有停止運作，證明跟4023年的聯繫還未完全斷絕，一定可以回去的。」

基多圖現在變成了一個火柴盒，藏在我的帽子內。

「回去嗎？」我看著眼前的景象：「也許，未等到回去，我已經……死在這裡了。」

我眼前堆積如山一樣的「東西」，傳來了惡臭，我已經不知道可以用什麼來形容這個場面。

是壯觀？還是恐怖？

那些「東西」，軍人都只當是垃圾，而他們還未變成垃圾之前，是……

人類。

猶太人的屍體，而且全都是女人，年輕的、年長的、未成年的赤裸女人屍體，堆滿在地上，變成了一座又一座的屍體山。

我被安排在這裡工作。

「上帝，你真的存在嗎？」我自言自語：「現在我看到的景象，你看到嗎？」

我泛起了淚光。

我看著從毒氣室運送到來的屍體，回憶起那天在頂樓跟希特拉見面的畫面⋯⋯

⋯⋯

⋯

．

1939年1月，一座高建築物的頂樓。

*希特拉一槍把女人殺死，然後把手槍交給我。

我眼前只有一個八歲的男孩，還有一個四歲的女孩。

「到你。」希特拉把手槍交給我。

同一時間，兩個軍人的槍口已經對準我，如果我用槍對付希特拉，我會慘死當場！

「殺了他。」希特拉用一個憤怒的眼神看著那對兄妹。

我慢慢把槍指向他……指向一個三十秒前看著自己媽媽慘死的小孩！

「我……我這些科學家……不是太懂……用槍……哈哈……」

「殺了他。」他重複說。

「時空！不要！」艾爾莎說：「現在你可以瞬間移動逃走！」

「如果我現在逃走，計劃就會變成炮灰！他不會相信我！」我在腦海中大叫：「而且我走了，那對兄妹可能會死得更慘！」

「我不會說第三次。」

這個仆街的希特拉，在測試我的忠誠！

我再次看著那對無助的兄妹，男孩流下眼淚不斷搖頭。

我們的一生中，做過多少次壞事？

做過多少次後悔的事？

讓我後悔得要死的事多不勝數，不過……這次一定是最後悔的一次！

對不起，我只能犧牲你們！

「砰！」

子彈打進了男孩的眉心，我沒想到，竟然這麼準確地把一個只有八歲的男孩殺死！

我的手還在不停地顫抖。

抱著小女孩的男孩倒下，四孩的女孩根本不知道發生什麼事。

她蹲在地上用手輕輕推著他的可哥，身上已經染滿了他的鮮血。

「哈哈……哈……」我強顏歡笑：「真痛快！痛快！」

希特拉看著我說。

「還有……一個。」

《別要只懂驀然回首，別給自己後悔理由。》

＊阿道夫・希特拉（Adolf Hitler），生於188[illegible]年4月20日，1945年4月30日逝世，享年56歲。

CHAPTER00009 - 我要讓你活下來 LIVE 03

我看著那個只有四歲的女孩。

她不像其他小孩一樣會哭，是因為她不知道發生什麼事？還是已經知道自己的命運？是因為她堅強？還是她已經放棄了掙扎？

我腦海中不斷出現無數個問題，同時……我把槍指向她。

痛快一點吧！我也殺了一個八歲的男孩！多殺一個四歲的也沒什麼關係！

希特拉跟他的軍官，一直都在盯著我！

「嘿嘿嘿……嘰嘰嘰……哈哈哈……！！」我瘋狂大笑。

「你瘋了嗎？」其中一個軍官說，當然，他的手槍一直指著我。

「太浪費了！太浪費！」我看著希特拉說：「這女孩還有很多用處呢。」

然後我指著自己的嘴巴，瘋了一樣大笑。

他們都是男人，已經明白我的說話。

「把這個女孩留給我，我還想享受一下。」我奸笑：「我要給她一些『教訓』，才慢慢把她殺死，可以嗎？我的元首。」

軍官已經在奸笑，但希特拉沒有，不過，我已經知道他心中在笑。

「隨你喜歡。」他簡單一句。

然後，在場的軍人做出了納粹的手勢，我跟著他們一起做。

「隱時空博士，歡迎你加入我們納粹黨，希望你的研究對我們有幫助。」

希特拉說完這句話後，離開了頂樓。

我的心跳加速，一直做著納粹的手勢，直至他們離開。

頂樓，只餘下我跟那個小女孩。

她看著我。

剛才明明看到我親手殺了她哥哥，從她的眼神中卻沒看到任何的仇恨，只看到空洞與無助。

我蹲在她與哥哥的屍體面前，輕輕用手摸她的頭。

「沒事了，我會把妳帶走，然後妳就可以得到自由。」我微笑，眼中泛起了淚光。

她沒有回答我，還是一直看著我。

小女孩比我、比德軍、比任何的一個人更堅強。

我再次看著她身邊的男孩屍體……！對不起……

這是我有生以來，做過最後悔的事……

我有生以來，第一次真正感覺到戰爭的可怕……

人性的可怕。

……

…

．

我帶著「戰利品」，離開了柏林的軍事地堡。

數天後，在一個波蘭村莊，我把小女孩交到一個保護猶太兒童的組織。

這幾天，女孩沒有跟我說過一句說話。

「隱時空先生，謝謝你。」保護兒童組織的創辦人說。

「不，是我殺死她哥哥……」

「你只是迫不得已。」

我搖搖頭：「那個男孩死去的畫面，會一直在我腦海中出現，這是我的懲罰，一世的懲罰。」

我看著那個女孩，組織的人正在安慰她。

我沒什麼可以做到，只可以幫助她來贖罪。

「我想跟她道別。」我說。

「你去吧。」

小女孩已經換上了新衣，雖然不是什麼華麗的衣服，但至少不會有她媽媽與哥哥的血跡。

「我要走了。」我拍拍她的頭：「對不起，我只可以帶妳來這裡。」

她看著我，我還是不知道她的眼神代表了什麼。

「希望妳可以快樂地生活下去。」我泛起了淚光：「快樂地生存下去。」

她沒有任何的表情，一直在看著我。

「妳可以告訴我，妳的名字嗎？」我問。

沒有，她沒有說話。

我明白的，她看著我親手槍殺自己的哥哥，還有媽媽也同時死去，她根本就沒必要把自己的名字告訴我。

「好吧，再見了。」

我站起轉身離開。

就在我快要離開這庇護所之時，我聽到一把女孩的聲音。

「基尼烈．朱迪思。」

她……說話了。

我的眼淚……流下來了。

我沒有回頭，打開了大門離開。

也不知道走了多久，我終於壓抑不住自己的情緒……

放聲大哭了。

「嗷嗷！！！！」

她告訴我她的名字！她告訴我了！

基尼烈．朱迪思，告訴我她的名字！

就好像跟我說……

……

…

．

「我原諒你。」

《就算身心疲累，也得跪求贖罪。》

CHAPTER00009 - 我要讓你活下來 LIVE 04

完成了愛因斯坦的時空任務後。

「我想找基尼烈·朱迪思這個人的歷史。」我說。

「你說那個妹妹嗎？」變成垃圾桶的基多圖說。

「對，就是她。」

「找到了。」基多圖說：「她在1942年奥斯威辛集中營中餓死了。」

「什麼？！」

「根據歷史資料，波蘭村莊的保護猶太兒童組織，在你離開一個月後，被德軍發現，最後整個組織的人員與兒童都被送去集中營。」

「那我把朱迪思送到那裡……不就是送她去死？」我沒法接受：「仆街德國佬！仆街希特拉！」

「也沒辦法，這就是那時空的歷史。」

「不行！我要回去救她！」我抬起了垃圾桶。

「不可能，任務已經結束，你不可能回去改變。」基多圖說。

「一定有什麼方法的！你想想！」我用力捉緊它：「我也突然去了4023年的時空！沒有什麼是不

可能的！」

「真的不可能。」基多圖說：「時空，我不明白你為什麼這麼執著，但……」

「我不想再後悔一次！再不想！」

「但真的……」

「你明白我的感受？」我的情緒快要崩潰：「這是我唯一可以為她做的事！我不能把她送去餓死！」

垃圾桶上的燈在閃爍著。

「基多圖！你不是想變成人類嗎？如果你不明白我的真正感受，你一世也不可能成為人類！」我歇斯底里地大叫：「我的內心很痛苦！我只想幫助那個失去媽媽和哥哥的女孩！用任何方法也要幫她！」

「真的是任何方法嗎？」

「對！」

「就算你不能回來，也要去嗎？」

「對！」

「還是……有一個方法的。」基多圖說：「不過，時空管理局不會准許。」

「我們不跟他們說，准不准許也沒關係吧？」我說。

「但我們不能違抗命令。」

「人類就是不斷違抗命令才會有現在！」我說：「這樣才是真正的人類！」

它再次沒法回答我的問題。

良久，它終於說話：「時空，我想學你說一句說話。」

「是什麼？」

它停頓了一會，然後說。

「死就死吧。」

我微笑了。

「不！要有氣勢！來！跟我一起說！」

然後我們兩個人，沒錯，是兩個「人」，一起大叫！

「死就死吧！」

……

…

.

1942年，奧斯威辛集中營。

「我想……回去……」

「明明就是你死也要來的。」基多圖說。

「我有點後悔了……」我看著眼前的女性屍體：「這就是人類，不想後悔所以行動，行動之後又會後悔，你明白嗎？」

「我大概明白。」基多圖說。

基多圖利用任務時間線漏洞中的「奇異點」結算，讓不可能回到任務過去的情況發生了，但問題是我再也沒法去到任何的時空。

已經過了一星期，我還未找到基尼烈．朱迪思小妹妹，卻已經想永遠離開這個慘絕人寰的集中營。

「去你的！又是你在偷懶！」一個德國兵走向我。

二話不說，他用槍柄轟在我的肚皮上，我痛苦得在地上掙扎。

「如果被我再看到一次，你會腦漿四濺爆頭而死！快去工作！」

媽的……他們根本不當我是人，不當猶太人是人！

我現在連豬也不如！

「時空，去工作吧，晚上我們再行動。」基多圖說。

我站了起來，然後走向了那堆女性的屍體。

我的工作，就是在赤裸的屍體上，找尋值錢的物品。

明明已經赤裸了，還要找什麼？

德軍什麼也不放過，比如金牙之類的東西，我要從屍體的嘴巴、性器官、肛門，找尋收藏起來的值錢物品！

我看著眼前發臭的屍堆……

我……我想死。

《因為後悔才去行動，行動了又後悔，這就是人類。》

＊奧斯威辛集中營（Konzentrationslager Auschwitz-Birkenau）。

CHAPTER00009 - 我要讓你活下來 LIVE 05

「**特遣隊囚工**」。

這是我工作崗位的名稱。

除了在赤裸的女性屍體上找尋值錢物品，我另一個工作是剪下女屍的頭髮，然後收集整理。

猶太人的屍體被焚化後流出來的油份，會被送往工廠加工成為工業油脂使用，骨頭會被磨成碎粉作為農耕肥料。

「頭髮……有什麼用？」我已經精神崩潰：「嘿嘿，是不是用來做假髮？嘿嘿。」

被毒殺的屍體外表已經夠不堪入目，我還要一個接一個地把她們的頭髮剪下來，有金色、啡色、紅色，有時會出現黑色的頭髮，是亞洲人……

「為什麼會有亞洲人？嘿嘿。」我開始語無倫次：「是不是跟我一樣穿越過來？嘰嘰……」

我看著對面那個一起剪頭髮的猶太人，他已經來這裡工作兩年。

「葛柏，你是……怎樣捱下去的？」我問。

「我跟自己說，我就是個機械人……我只是機械人……別要多問，一直做下去，做下去……」他純熟地剪下女屍的頭髮，然後分門別類：「你相信有天堂地獄嗎？」

我不知道怎樣回答他。

「沒有人間，也沒有地獄，因為……現在已經是地獄。」他目無表情地說。

沒錯，現在……就是地獄。

此時，幾個德軍把一個特遣隊囚工拉到我們的面前。

「你們全部來看！」德軍把那個瘦弱的猶太老人推倒在地上。

然後另外幾個士兵一起用腳踏在他的身上！

我想上前阻止，葛柏捉住我的手臂，他慢慢地搖頭：「沒救的了。」

「你們看！這是什麼？」軍人手中帶著一隻金牙：「這個猶太豬漏拔了這隻金牙！我們應該要怎樣做？」

「不……不要……求求你們……不要殺我……」老男人痛苦地在地上爬行。

「當然要懲罰！」另一個軍人奸笑。

然後，兩個士兵把老男人抬起，走向了……焚化爐！

「不要！不要！」

他們把男人推入焚化爐中，極度可怕的慘叫聲在焚化爐內傳來！

不用多久，再沒有叫聲，那個猶太男人……活活被燒死。

「如果再有發現遺漏，後果將會跟他一樣！知道嗎？哈哈哈！」幾個德軍瘋狂大笑。

他們不是想殺一儆百，他們只是……在玩遊戲！

拿豬也不如的猶太人來玩遊戲！

「現在你是什麼眼神？」德軍走向我。

我緊握著拳頭，盯著他！

「對不起，軍官，他才來了一星期，不懂事。」葛柏立即擋在我的面前：「對不起，對不起。」

「真是白痴，不過你遲早都要死，現在死也太便宜你了。」

士兵再沒有理會我們，一起高高興興地離開。

「葛柏……」

「時空你別要……」

「我一定會為你們猶太人報仇！」我跪在地上，看著那個焚化爐：「我、一、定、會！」

《外表醜陋，遠遠不及人性醜陋。》

CHAPTER00009 - 我要讓你活下來 LIVE 06

晚上。

只有在晚上，才可以得到暫時的安寧。特遣隊囚工不用二十四小時工作，至少可以睡四小時。

我一個人坐在宿舍門前，看著天空上的星星，星星比任何時代更亮，照耀著這個悲慘的集中營。

「你還不去睡？」葛柏走到我身邊坐下來，他吸了一口煙，然後把煙給我。

我深深吸了一口。

「有時我在想，你們是怎樣睡得著。」我苦笑。

「很簡單，合上眼什麼也不想，第二天打開眼，又繼續新的一天。」葛柏說。

「但每一天的開始，也是折磨。」

「還留著命，總會出現沒有折磨的明天。」

我很想跟他說事實，九成以上的猶太人會死在這裡，毒殺、射殺、酷刑、毆打等等，不會停止，

直至三年後，二戰結束，一百三十萬猶太人死在這可怕的集中營。

「其實我是來這裡找一個大約七歲的小女孩。」我說。

「是你的女兒？」

「不，我是她的殺兄仇人。」

「為什麼？」

「因為我想救她走。」

「嘿嘿嘿，年輕人，由我第一天見你開始，我已經覺得你跟這裡的人不同。」他苦笑。

「有什麼不同？」我問。

「或者，你口說想死，而我想活下去；但不同的，我已經不存在希望，而你心中還存在……『希望』。」葛柏看著星空：「報仇又好、救人又好，在我們心中根本就從來沒有想過。」

明明在我的時代，我只是社會中的垃圾，不過，在這裡，我卻令人看到了「希望」。

「或者，我在這時代出生更好，嘿。」我輕聲說。

「其實你有什麼計劃？怎可能在集中營中找到一個女孩？」葛柏問：「而且男女的猶太人都是分開的。」

「很簡單，魔術。」

他呆了一樣看著我，然後大笑：「哈哈！隱老弟，我愈來愈喜歡你了！」

我跟他微笑。

我來這裡當然不會沒任何準備，只是沒想到手腕的裝置會失效，基多圖已經努力在搶修。

我想「潛入」她所在的位置，然後把她救走。

「時空，完成了。」基多圖在我的腦海說。

「太好了！」

「不能瞬間轉移、時空旅行，不過……」

基多圖說出了兩個字。

「足夠了！我要帶她離開這個可怕的地方！」我問：「你可以找到基尼烈．朱迪思嗎？」

「已經有她的定位，隨時可以出發。」

「很好，不過我要先去另一個地方。」

「哪裡？」

「我發現了一個好地方……那裡是德軍的娛樂室。」

「時空，你在呆什麼？」葛柏問。

他當然不知道我正跟基多圖溝通。

「葛柏，過幾天，你就可以聽我的好消息！」

「什麼好消息？」

我自信地說：「報仇的好消息！」

……

……

．

一所荒廢的建築物內。

這裡是德軍用來娛樂的地方，他們都會帶妓女來風流快活，有時，還會帶猶太人來折磨一番，當是餘興節目。

幾個在午間把猶太人活活燒死的士兵，正在這裡休息。

「汪！汪！汪！汪！」在建築物外的軍犬在吠。

「叫什麼？根本就不會有其他人！」軍人說：「快叫牠收聲！」

軍人帶點醉意。

「白痴，什麼沒有人？狗都比你聰明！」

有人在軍人耳邊說話！他看一看四周根本沒有人，他以為自己是幻聽。

另一個軍人在牆邊小便，他看著前方的裸女掛畫，幻想著做愛的畫面。

此時，他覺得有點不妥，為什麼……下體會突然痛楚？

他一看，自己屙出來的不是尿，而是……血！

《不需要充滿希望，只需要仍存希望。》

更正確的說，他不是在屙血，而是整個下體被剪了下來！

「呀！！！」士兵痛苦地大叫。

其他軍人一起看著他的方向：「發生什麼事？」

「媽的？你打手槍也不用打到出血吧？」另一個士兵還在揶揄他。

沒到一秒，士兵的耳朵突然掉了下來！

不，不是掉下來，而是被人剪了下來，噴出鮮血！

兩個軍人痛苦地慘叫！

「怎會這樣？發生什麼事？！」

其他的軍人開始緊張起來！

「有……有鬼嗎？」

一下清脆的刀聲，在軍人的肚皮劃過，留下了一道血痕！

另一個手臂被斬傷，還有腳面被東西插入，固定在地上！

「開槍！快開槍！」

士兵向著空氣開槍，卻什麼也沒打中！

「你們是盲的嗎？」有人在士兵耳邊說。

士兵已經接近瘋狂，轉頭開槍，卻打中了別的軍人！

室內全部軍人身上都出現傷痕，他們根本不知道發生什麼事！

突然！建築物的大門被關上！一把聲音從門外傳來！

「你們痛嗎？你們知道被虐殺的猶太人，痛一千倍、一萬倍？！」

門被反鎖，軍人試圖用槍打爛門鎖，可惜門已經被擋住，沒法逃走！

這座建築物是為了鎖住被帶來玩弄虐殺的猶太人，就連窗框也上了鐵枝，他們想逃走也逃不了！

煙圈在半空中出現，好像有人在抽著煙。

不，真的有人在抽著煙，半空中，突然出現了一個人的頭頂，然後是面孔，一個人慢慢地憑空出現！

因為他按下了手腕的裝置，他是……隱時空！

基多圖沒法進行時空旅行，也沒辦法瞬間轉移，不過，它現在可以讓隱時空……憑空隱形！

在4023年，已經解決了隱形時瞳孔沒法折射光線的問題，而且隱形者觸碰的東西，都會同時隱形！

隱時空來報仇了！

他拿出基多圖，不，他拿出火柴盒，在火柴中拿出一支火柴。

「擦一下就可以？不是什麼高科技？」他問火柴盒。

「對，跟正常一樣使用就可以。」火柴盒說。

時空擦了一下，點著了火柴，然後從門下方的縫隙把火柴掉入去！

不到半秒，建築物迅速起火！

就像焚化爐一樣著火！

德軍在室內痛苦地大叫！

「求求你！放我出來！放我出來！」那個把猶太男人推入焚化爐的士兵拍門大叫。

「放你出來？嘿。」隱時空笑說：「你說自己是德國豬吧，還有希特拉也是豬！」

「我是德國豬！希特拉是豬！全部都是豬！」

「好吧。」

濃煙從門隙湧出來，隱時空準備打開大門⋯⋯

「快救我們！快救我！呀！！！！」

「啊？門打不開？打不開！」隱時空緊張地說：「有誰來幫幫我？我打不開！」

他只是在做戲，然後，他坐在一旁，聽著痛苦的叫聲！

被活活燒死是什麼感覺的？有多痛楚？多久才會死去？

現在，傳來像屠豬一樣的慘叫聲……

「真好聽啊！」隱時空在大笑：「哈哈！真好聽！！！」

「已經轉駁去集中營的廣播裝置！」基多圖說：「『我是德國豬！希特拉是豬！』全個集中營都會聽到！」

「很好，不只是我，其他猶太人也要一起聽呢。」

葛柏從睡夢中醒來，他聽到了德軍痛苦的叫聲，想起隱時空前天跟他說的話……

他……笑了。

那天晚上，整個集中營也傳來軍人痛苦的慘叫聲……

卻有幾十萬猶太人……在笑了。

《給人打左臉，連右臉都給人打的，才不是人類。》

CHAPTER00009 我要讓你活下來 LIVE 08

虐殺軍人，你問我跟德軍有什麼分別？

有分別，當然有分別，我才殺了幾個士兵，他們卻殺了一百萬以上的猶太人。

我也是魔鬼嗎？

才不算，當然不算，才殺幾個賤種不算是魔鬼，不殺夠一百個我也太仁慈了。

「時空，人類真的是宇宙中最可怕的生物。」基多圖說。

「怎樣了，你也在責怪我嗎？」

「不是，我想表達的是，人類滅亡是100%沒法改變的事。」

「就讓我們滅亡吧，我們全部人都罪有應得。」我說。

仇恨是不會結束的，也不需要結束，我們就……攬住一齊死吧。

「好了，今晚出發去救基尼烈·朱迪思妹妹！」

「你可以殺人報仇，然後又會去救一個小女孩……」

「如果你明白我的心態，你又會更接近真正的人類了。」我笑說。

「人」是什麼？

只會仇恨並不是人類。

有仇恨同時擁有「愛」，這樣才可以成為……人類。

完整的「不完整人類」。

「基尼烈．朱迪思在什麼位置？」我問。

「二號營。」

二號營？

……

…

．

晚上，二號比克瑙集中營。

集中營很大，分成很多的區域，因為沒法使用瞬間轉移，就算是隱形，我也要用很多時間才可以來到。

「汪！汪！」一頭狗向我吠。

「別吵！」

一個德國士兵看著我，當然，他沒法看到我的存在。

我來到了基尼烈．朱迪思身處的位置，是一間像醫院的地方，不難想到這是用來做實驗的地方。

人體實驗。

歷史記載，德軍利用猶太人做大量的人體實驗，雙胞胎實驗、骨骼肌肉神經移植實驗、低溫實驗、芥子氣試驗、絕育實驗等，他們把人類變成了白老鼠。

或者在實驗中死了會更好，有人量的猶太人最後毀容、永久殘疾、精神失常，就算生存下去，已經不能過正常人的生活。

「我們進去吧。」我說。

醫院內的德國醫生都穿上了白色醫生袍，有些還在跟漂亮的護士搭訕，他們不覺得自己所做的事殘忍嗎？

我經過燈光昏暗的走廊，在兩旁的房間都囚禁著「白老鼠」，我從其中一間房間的鐵窗向內看，有幾個已經被折磨得不似人形的男人，他們目光呆滯，只是在等待死亡的來臨。

「呀！！！」

我聽到另一個房間傳來了痛苦的叫聲，我立即走去看看。

一個男人頭上帶著儀器，正被雷擊！

「再來，加大電量。」醫生手上拿著報告。

赤裸的男人再次痛苦大叫！頭上的儀器甚至開始出煙！

同一時間，其他房間都傳來了慘叫聲，正進行不同的人體實驗！我已經不想再在這裡逗留！

「朱迪思在哪裡？」我問。

「三樓的房間內。」基多圖說。

我快速來到了三樓。

三樓的樓梯有一個門牌，上面的文字我看不懂，不過有一個孩子的圖畫。

這裡是兒童的實驗區。

成人也沒法忍受的折磨，兒童又怎可抵受？

我向著朱迪思身處的房間前進。

《人類不能沒有愛，也不能沒有仇恨。》

CHAPTER00009 我要讓你活下來 LIVE 09

「這房間。」基多圖說。

我看著房間的門牌寫著……「Hunger Test」。

基多圖變成了一把鎖匙，把鐵門打開。

「媽的……」

房間內至少有十個小孩，全部都骨瘦如柴。

我立即解除隱形，他們看見我也沒有任何表情。

其中一個女孩，就是基尼烈・朱迪思！

她雙手抱著自己的膝蓋，瑟縮在一角。

朱迪思比我那次見她時長高了，不過，瘦得像紙一樣，一點肉也沒有。

不只是她，其他小孩也瘦得可怕，看到也心酸。不難想到所謂的「飢餓測試」會是多麼殘忍的實驗。

「朱迪思！」我走到她的面對蹲下來：「是我！我來救妳！」

她慢慢抬起頭，用一個渴求的眼睛看著我：「……食物……食物……」

我緊握著拳頭。

她第一句說話，不是想我帶她走，而是要……食物。

「有！我現在就帶妳走，然後給妳任何想吃的東西！」我擠出了笑容。

「我……可以離開了？」她問。

「沒錯！永遠不會再回來！」我點頭。

就在此時，一個比朱迪思的年紀更小的男孩拉著我的衣服：「哥哥……我……我也想走……」

我回身看，十多個小孩圍著我，最大的一個也看似只有七八歲。

「你也可以……帶他們一起走嗎？」朱迪思說。

「這……」

「時空，這樣很難逃走的。」基多圖說。

「求求你，也把他們帶走吧。」朱迪思重複。

本來我的計算是把她一個人帶走，現在如果把其他的小孩一起帶走，超出我的預算，非常危險。

「時空，要快決定了，如果只帶朱迪思逃走，成功率90%，如果也帶其他十一個小孩一起走，成功率只有不到10%。」基多圖分析。

「不用說了！」我站了起來：「我決定了。」

不可能的，我沒法拯救全部人，就好像我沒法改變集中營的猶太人命運。

所以……我決定了……

「我會把全部人帶走！死就死吧！」

口不對心，一直也是我的習慣！

基多圖沒有說話，他尊重我的決定。

我回身看著全部小孩：「你們聽著，我們現在玩麻鷹捉雞仔遊戲，我是母雞，你們是小雞，其他人就是麻鷹！」

他們認真地看著我。

因為隱形可以「傳遞」，不需要接觸我，只要碰觸接觸我的人，一直傳下去也可以隱形。

這是我唯一想到的方法。

「你們要一個接一個排在我身後，雙手搭著前面那個人的肩膀，一秒也不能把手鬆開！而且不可以發出聲音！」我微笑說：「這只是一個遊戲，大家不用怕，就算見到麻鷹也別怕，他們看不見你們的！你們一定可以完成這個遊戲！」

全部的小孩也在點頭。

然後，我一手抱起年齡最小的女孩：「朱迪思，妳現在是隊長，要好好看著其他的小朋友，知道嗎？」

她勇敢地點點頭。

「好，現在列隊！」我說。

小孩聽話地一個接一個搭著前面小孩肩膀，形成了一條長龍。

我對著他們微笑，給他們一個讚的手勢。

「很好！你們很聰明！」我打開了鐵門：「遊戲現在開始……雞仔隊出發！」

《我們都是正常人，都習慣口不對心。》

CHAPTER00009 — 我要讓你活下來 — LIVE 10

我們一走出鐵門，一個軍醫正在走廊走過！

我回頭做了一個安靜的手勢，他們點頭。

軍醫沒法看到我們，我們貼著牆邊慢慢從三樓離開。

這個「麻鷹捉雞仔」的遊戲不能出錯，如果出錯，就是遊戲失敗，也許我們全部人都要死！

我們繼續從樓梯往下走，幾個護士在我們身邊經過，還好，因為孩子們都沒有穿鞋，沒發出聲音。

我的汗水不斷滴下，緊張的心情就好像行鋼線一樣，不同的，在我身後，還有十多條生命！

幸運地，孩子也很聽話，我們沒有被發現，成功逃離醫院！

「我們早前安排好的路在哪？」我問基多圖。

「不遠，就在北面一直走四百米左右，穿過一個軍站，就可以成功離開。」基多圖說。

「很好！」

我回頭看著他們，然後做了一個手勢「跟著我走」。

朱迪思跟著我做出手勢，然後再做了一個安靜的手勢。

嘿，我笑了，她現在是隊長，她照顧著其他的小孩。

我拍拍她的頭，給她一個讚的手勢。

我們「雞仔團」繼續向北走，這次不只是軍醫，他們見到的是拿著槍的軍人，我回頭看，他們都非常緊張。

要快了，不能逗留在此！

晚上，德軍都比較鬆懈，這正好是我們逃走的機會。

我們一直走……

還有二百米就可以從軍站的鐵柵離開這個可怕的集中營。

我們一直走……

餘下一百米，我開始覺得那10%不是奇蹟，而是可以做到的。

我們一直走……

最後五十米，我們在幾個士兵的身邊經過，他完全沒發現我們。

就在此時，另一個軍人快速走了過來。

「醫院那邊，有十個以上的小孩逃走了！」士兵傳達訊息。

這麼快被發現了？！

「小孩？怎可能逃得出來？」

「我也不知道，軍官說這個軍站最近醫院，他們有可能從這裡逃走，叫我們打醒十二分精神！」

「嘿，才幾個小孩怕什麼？一槍一個，很快解決，哈哈！」

我們在軍人身邊經過，他們沒法看到我們，我看著那個還在笑的軍人，真想一刀割破他的喉嚨！

不過現在最重要是，把全部小孩救出去！

突然！我後方傳來了一下跌倒的聲音，我回頭看，其中一個孩子被絆倒在地上！長龍在我們中間斷開！這代表後半的小孩會被發現！

幾個軍人就在我們身邊不遠處，會被發現！

我看著最後二十米前方的鐵柵……

我要放棄那幾個小孩？！

不！不可以！

我立即在地上拿起了石頭，向著另一方向擲去，發出聲音！

同時朱迪思走到斷開的位置，一手捉住後半的小孩，讓他們可以再次隱形！

「什麼聲音？」軍人問。

「可能就是那些小屁孩！我過去看看！」另一個軍人說。

有驚無險，我看著朱迪思，給她一個微笑，她……真的很勇敢。

最後……十米。

鐵柵沒有完全關上，可以讓人逐個逐個從縫隙中離開。

離開後，走過一個森林，沿著河流一直走，就可以去到一個小村落，我跟基多圖已經確定了，那裡還有一些沒被送來集中營的猶太人躲藏著，可以幫助這些小孩。

我摸著那個手抱的小女孩。

「哥哥……」

她突然間說話！

「噓，要安靜！」我輕聲說。

小女孩指著左面，我看著她指的方向……

「牠們」……沒法看到我們……不過卻可以嗅到我們的氣味！

「汪！汪！汪！汪！」

《最後的命運，是不幸？還是幸運？》

CHAPTER00009 - 我要讓你活下來 LIVE !!

三頭軍犬發現了我們！

「大家跟著我跑！」我大叫。

我快速從鐵柵的縫隙穿過去！我身後的孩子一個一個跟著我！

「朱迪思，捉住她的手！」我緊張地說。

我把小女孩放下來，朱迪思緊緊地握著她的手！

軍犬已經快來到鐵柵前方！最糟的是，軍人聽到吠叫也跟著來了！

「時空，現在怎辦？」基多圖問。

我看著前方的一片平地，軍犬會繼續叫，然後軍人一定會向平地無差別地掃射！

他們只是小孩，根本不夠快逃走！

十多個小孩已經走出了鐵柵外，他們還是一個連著一個排著。

我蹲下來：「朱迪思妳聽著！」

她點頭。

然後……我把基多圖交給了她。

「這個火柴盒可以讓他們看不見你們！妳拿著，然後向森林沿著河邊逃走！很快會見到其他的猶太人！」我心跳加速看著其他的小孩：「你們要一個跟一個跟著朱迪思！不要走失，知道嗎？」

沒等他們回答我已經把基多圖交給朱迪思！

「快走！你們快走！」我大叫。

「時空，你想怎樣？」基多圖問。

「嘿，還用問？不就是拯救他們。」我苦笑。

「快走吧！」我再次大叫。

朱迪思看著我，眼中泛起了淚光，然後，她跟其他小孩準備轉身離開！

她這個眼神，就像當日她看著自己的哥哥死去時一樣，充滿了悲傷。

我鬆開了朱迪思的手，我再沒法隱身，暴露於軍人與軍犬之前！

「快走！別要回頭！走！」我大叫。

「不要這樣！」基多圖在我的腦內說：「這樣你100%會死！」

「不錯，只有我一個人死，卻救了……**十多個『未來』**！」

我要引開那些軍人，朱迪思他們才有機會成功逃走！

沒想到像我這樣的人，也會願意……犧牲自己，嘿。

我走回鐵柵內，一腳把其中一隻軍犬踢開！其他兩隻同時向我攻擊，咬著我的手臂與小腿！

「呀！」我痛苦大叫。

同一時間，數個德軍已經來到我的面前！我已經在他們的射擊範圍！

「嘿嘿嘿嘿，來殺我吧！你們這些狗雜種！」我歇斯底里地大叫。

「你這豬太隻豬！」

軍人用槍柄轟在我的頭上！

我沒有倒下！用盡全身的力站著！

「就這種力氣嗎？我一點都不痛！哈哈哈！」

「白痴！」

軍人沒有下一句說話，不，應該說……他們的槍已經回答了我！

「砰！砰！砰！砰！砰！砰！砰！砰！砰！砰！砰！砰！砰！」

我也不知道身上中了多少槍……

意識開始模糊……

全身也是彈孔……倒在地上……

我看著森林的方向，口吐鮮血……

我微笑了。

我要讓妳活下來。

我要讓你們……全部活下來。

我……成功了。

就在我快要失去知覺之時，我……

聽到一下聲音……

一下彈金幣的聲音。

《死很可怕，但當死得有價值，不可怕。》

CHAPTER00009 - 我要讓你活下來 LIVE 12

4023年，太空船病房內。

「他根本就是白痴！」竹志青說。

「不過，我覺得他更像英雄啊。」雪露絲說。

「雪露絲，我認同妳。」艾爾莎說。

「現在把事情鬧大了，議會正在討論，還未知道會如何處理。」金大水說。

「無論結果是怎樣……」艾爾莎說：「我還是很佩服他呢。」

「我……」

我聽到有人在我身邊不斷說話。

「時空！你醒了嗎？」艾爾莎高興地說。

「你們……一人一句不斷說話……死也被吵醒了……」我回憶起來：「等等……我不是被德軍亂槍掃射殺死了嗎？」

「是志青！他找到亂入那個時空漏洞的方法，我們來把你救走了！」雪露絲高興地說。

「我才不想救他！」竹志青說：「我只是不想再讓他亂來！」

「我在快死去時聽到……彈金幣的聲音……」我說。

「對，我們要洗去那些德軍的記憶。」金大水說：「如果我們來遲一步，你真的會死。」

「但怎可能的……」我摸摸自己的身體：「我想我至少中了十槍……」

「是十三槍。」艾爾莎握著我的手：「而且有幾槍是致命的，我們現在的科技也沒可能救你回來。」

「那為什麼現在我……」我一頭霧水。

竹志青把子彈倒在我的面前：「一共十三顆子彈，從你體內取出。」

「不是我們的科技救了你。」金大水說：「是你自己救了自己。」

「什麼意思？」我問。

此時，生物部的弗洛拉出現在病房。

「我知道你醒了，來看看我寶貴的實驗品。」她風騷地說。

「妳來得正好，你跟時空解釋一下吧。」金大水說。

「你身體內有自我保護的機制，很奇怪，明明第一次跟你做全身檢查時，沒有發現異樣。」

弗洛拉繼續解釋，十三顆子彈打入我身體時，受傷的內臟立即在0.01秒內自我復原，同時把子彈逼回皮膚的表層，只會做成皮膚擦傷的輕傷。

「時空你現在好像電影、動畫中的角色一樣！男主角有不死身！怎樣死也死不去！嘻！」艾爾莎笑說。

「黐線……連我自己也不知道……」我完全不相信。

「我有一個想法。」弗洛拉彎下腰看著我，露出豐滿的胸部：「你沒有死去，是因為整個宇宙的『時空』不能讓你死。」

我皺起了眉頭。

「『未來』還需要你，所以不讓你死。」她笑說：「不過這只是我的猜測，我還要在你身上繼續進行研究，像德國那樣做人體實驗也不錯。」

「別要！」我扭曲表情說。

大家也笑了。

「不過現在真的麻煩大了。」金大水說：「你改變那條時間線變成了另一個時空，未來也改變了。」

「對，你把那個時空的facebook整個消滅了！」艾爾莎說。

「facebook？為什麼我消滅了facebook？」

《如果人可以死兩次，你第一次想怎樣死？》

CHAPTER00009 - 我要讓你活下來 LIVE 13

「因為你拯救了基尼烈·朱迪思。」艾爾莎說。

「我真的成功了？」我非常緊張：「朱迪思活下來了？沒有餓死？」

「對，你成功了。」

1954年，十九歲的基尼烈·朱迪思，認識了傑克·朱克伯格，他們深深墮入愛河。

「原本的歷史，傑克·朱克伯格在1954年跟米里亞姆生下了兒子傑克·朱克伯格。」金大水說：「傑克·朱克伯格生下了愛德華·朱克伯格，然後愛德華·朱克伯格生下了馬克·朱克伯格（Mark Elliot Zuckerberg），就是facebook的創辦人。」

「即是說……」

「沒錯，最後傑克沒有跟米里亞姆生下愛德華，沒有愛德華，又怎會有馬克·朱克伯格呢？」艾爾莎說：「在那個時空，沒有facebook的存在。」

「我改變了那個時空的歷史？」我問。

他們全部人點頭。

「沒有facebook的時空，奇怪地，未來的發展更好，種族歧視與仇恨也沒有那麼嚴重，當然，到了某個『奇異點』結算，最後還是大致上回到原來的劇本，不過，人類卻比真正的歷史來得快樂。」金大水說。

「你改變了那個時空的歷史本應罪該萬死，不過，同時也做了一件好事呢。」弗洛拉笑說。

嘿……我真的不敢相信會變成這樣。

「時空，今晚我有東西想給你看。」艾爾莎在我耳邊說。

「今晚？」

「對，來我的房間！」

「房間……」

心術不正，我又想到其他地方去了，嘿嘿。

……

…

．

晚上，我來到了艾爾莎的房間。

「上來！」她拍拍床鋪。

「妳……妳已經準備好了？」我問。

「準備好了！」

「嗄……這次我不能拒絕了，是妳邀請我。」我奸笑說。

我跳上了她的床上，坐到她的身邊，正當我想吻在她的臉上時。

「快看！」

我們的前方出現了一個巨型的立體畫面。

「看什麼？」我不知道她要我看什麼。

「是你改變的時空！」她說：「是2023年！」

畫面出現了一個老人家的訪問，她在台上坐著，主持人訪問著她。

這個老人家……好像在哪裡見過……

「我1935年出生，母親與哥哥死亡時，當時的我就只有四歲。」老人家慈祥地說：「他們在我面前殺死了他們，那個男人……一槍把我身邊的哥哥殺死，當時，我哥哥只有八歲。」

我整個人也呆了！

這個老婆婆，她是……她是……朱迪思！

我看著節目的標題——《二戰生還者》。

「這麼多年來，妳沒有責怪槍殺你哥哥的那個男人？」主持人問。

朱迪思停頓了一會，然後搖頭說。

「沒有，完全沒有。」

「妳已經原諒了他？」主持問。

「對，我原諒了他，我不只沒有責怪他，我更要多謝他，因為他後來在集中營……拯救了我。」

我呆呆地看著畫面，眼淚不禁流下。

「這位先生。」朱迪思看著攝影機：「我不知道你是否還存在於這個世界，我不知道你可不可以聽到我的說話，但我很想跟你說……」

我不斷搖頭……

「感激你當時救了我，我才可以活到今天。」朱迪思泛起了淚光。

「沒有你，沒有我。」

畫面轉到觀眾席上，座位前排的都是一眾老人家。

主持人說：「你不只拯救了朱迪思，你還救了另外十一個當時被用作可怕人體實驗的小孩！」

全部曾被我救走的老人家起立一起拍掌，不，是全場的觀眾也在拍掌。

我看到的，是十多個小孩把掌聲……獻給我。

他們都很天真、很可愛，他們全部都……

生存下來了。

掌聲沒有停下來，一直拍著、一直拍著。

畫面回到朱迪思身上，她拿出了一樣東西……

是一個已經失靈的火柴盒。

她……一直也留在身邊。

「**感謝你**。」

我已經沒法說話，在艾爾莎身邊哭成淚人。

我要讓你們全部活下來，同時……

……

……

……

基尼烈．朱迪思沒有忘記我。

你們全部都沒有忘記我。

《當天的惶恐，變成了今天的感動。》

CHAPTER00010
計劃
PLAN

CHAPTER000010-計劃 | PLAN 01

一星期後。

時空管理局的法院。

「我們一致裁定，被告罪名……」

「等等！」

我走到法官的面前，他也被我的行為嚇呆。

「你想做什麼？」在場的庭警立即走向我。

「所有事都是我的計劃，跟其他人無關！」我被兩個庭警拉下：「基多圖只是被我誤導，才會違抗命令！」

「咳咳。」法官咳了兩聲：「法律就是法律，沒有……」

「什麼法律？你們是非不分，為什麼要對基多圖判罪？」我大叫。

全場的人也呆呆地看著我，也許在這個時空，不會有人像我一樣在法庭大吵大鬧。

「基多圖沒有罪，有罪的人是我！」我向著陪審團大叫：「為什麼我就沒事，基多圖就要被懲罰？」

我跟基多圖擅自闖入已完結的任務時間線是史無前例，現在他們就像要殺一儆百，讓其他人不會像我一樣犯錯。

為什麼我的反應這麼大？

因為他們懲罰基多圖的方法，是清洗它的記憶體，把它從新啟動，所有的回憶都不再存在！

基多圖只會回到預設的機能！

它不會再記得我，也不會像從前一樣，想變成一個……人類。

根本就是……死刑！

「你們對人類也沒有死刑，為什麼要對基多圖判處死刑？！」我大力掙扎。

「因為它從來也不是人類。」法官說。

「不，它比你更有人性！」我反駁。

機械人外表的基多圖，在犯人櫃內沒有說話，它用一個痛苦的眼神看著我。

只有我一個經常說它「不像人」的人，才會說它就是人類！

「把他拉走！」法官大叫。

「不可以！它只是被我教唆，不是它的錯！它不應該被判死刑！不應該！」

我一邊被拉走，一邊呼喊！

法庭內，大家都只是白白看著我這個來自過去的人被拉走，沒有任何一個人站出來幫我。

被拉出法庭的一刻，我看著基多圖，他用唇語跟我說……

「時空，謝謝你。」

……

…

．

三天後。

我已經被拘禁在這裡三天。

因為我的身份特殊，他們不敢像基多圖一樣懲罰我，不過，我開始明白這個時空出現的問題。

只要有人類，就會有問題。

這三天我一直在想，是我這個過去的人有問題？還是現在的人有問題？安分守己、盡忠職守有問題？

最後我的答案是……我沒有錯。

就像基多圖一樣，根本就不需要洗去它的記憶，還有什麼「任務為先，生命危險在後」，根本就有問題。

「基多圖。」我說。

「你好，隱時空先生，找我有事？」房間內傳來一把機械聲音。

「你記得我是誰嗎？」我看著大花板。

「當然記得，你是從2023年來到這裡的人類，他們都稱你為『神選之人』。」

「你記得我們一起發生過的事嗎？」

「因為我被重啟了，所以沒有跟你一起的記憶，對不起。」

「是這樣嗎？」我再問：「你想成為人類嗎？」

「不，我只是人類的工具，沒想過要變成人類。」

它這樣回答我，我已經知道，我認識的基多圖……

已經消失了。

《如果沒有回憶，又怎能說是人生？》

CHAPTER000010 -計劃 PLAN 02

時空管理局司令部。

「你究竟是誰？」司令羅得里克看著一個男人。

「你們不是給了我一個名稱嗎？『暗』。」

這個擁有紅色瞳孔的男人，他就是暗宇宙！

一個由「死生物」合成的女人，把刀抵在羅得里克的頸上。

這個女的，就是在另一個時空，隱時空失蹤十年後死去的……凝秋香。

羅得里克的司令部有著最高級別的防禦系統，一般人不可能輕易進出，暗宇宙竟然能夠如此輕鬆來到他的面前。看來，他沒有說謊，他就是「空白期」歷史記載的……「暗」！

「你現在應該有很多問題想問我，為什麼我會出現在這裡？為什麼隱時空又會出現？」暗宇宙奸笑：「『空白期』的歷史為什麼會消失？」

「你來這裡有什麼目的？」羅得里克冷靜地問。

「改變世界，讓世界不改變。」暗宇宙說出了「時空管理局」的宗旨。

羅得里克不明白他的意思。

「有天使就會有魔鬼，有好人就會有壞人，在任何人類的宗教之中，都會有對立的一面，你知道是什麼原因？」暗宇宙問。

「創造者。」

4023年的時空，已知道宇宙是由創造者把自己的身體化成萬物，在任何物質之中都擁有創造者的部分。

創造者又是誰？有人會說創造者是耶和華，有人會覺得是佛祖，有人說是阿拉真主，在其他的星球，那些外星人覺得貓就是神，甚至沒有生命的石頭，就是他們的創造者。

「答對了。」暗宇宙說：「創造者自己也有對立的一面，然後製造了『對立』，生命才可以繼續發展下去，這就是祂所寫的劇本。要有欺凌才會有對付欺凌的人，要有戰爭才會有和平，要有殺戮才會有生命誕生。」

「你想說什麼？」

「我跟隱時空的出現，就是未來的關鍵，當我們其中一方被殺，遊戲才會結束。」暗宇宙說。

羅得里克不敢相信他的說話。

此時，死生物合成的女人，用舌頭舔在他的臉上。

「這是『創造者』留給我的記憶。」暗宇宙自信地說：「我也很想知道未來會變成怎樣，很有趣呢，哈哈。」

羅得里克皺起眉頭。

「所有無限的時空也不會出現我跟隱時空，你應該覺得高興才對，因為你管治的這個時空變成了……獨一無二。」暗宇宙站了起來：「不過，遺憾的是，你只能死在這裡了。」

女人的頭，變成了黑色蚯蚓，從羅得里克的嘴巴進入了他的身體！

「對不起，要佔用你的身體了。」暗宇宙看著痛苦的羅得里克：「沒辦法，遊戲規定我不能直接殺死隱時空，要用其他的方法。」

羅得里克已經不能聽到他的說話……

真正的羅得里克已經死去，由「另一個」羅得里克接手。

「故事愈來愈精彩了，哈哈哈哈！」

《有愛就會有恨，有快樂就會有痛苦，有生命就會有毀滅。》

CHAPTER0010 - 計劃 PLAN 03

被拘禁的第七日。

「時空！」艾爾莎出現在我面前。

她看著滿面鬚根頹廢的我。

「為什麼妳可以來？不是不能探監嗎？」我問。

「司令批准你離開了！」她摸著我的臉頰：「你瘦了很多。」

「我可以走又有什麼用，基多圖不會回來了……」我還在耿耿於懷。

然後，艾爾莎悄悄地在我耳邊說。

「什麼？」我瞪大了眼睛：「真的嗎？」

艾爾莎可愛地點點頭，然後做了一個安靜的手勢。

「快！我現在就要出去！」我站了起來。

完成一些出獄手續後，艾爾莎帶我來到機械工程部，這裡有無盡的玻璃房間，放滿不同的機械人。

有的是最新款式，有的是我的時代或更早期的機械人。

「這……」我在一個巨型機械人前停了下來。

「一比一原大，高18米，重43.4噸，全裝備重60噸，裝甲材質是鈦合金，發動機輸出1,380kW，推進器總推力55,500kg。」

我回頭看，一個像IQ博士的男人說：「久仰大名，我是機械工程部的馬里奧斯。」

「這……只是裝飾品？」我指著巨型機械人。

「我可以加裝Wing Zero的翅膀太空裝備，你要不要試試駕駛，變成阿寶！哈！」他笑說：「阿寶有一句名句……」

「人類總要重複同樣的錯誤！」我們一起說。

在我眼前的是……1979年的元祖高達！

「馬里奧斯是我的老朋友。」另一個人走到我身邊，他是亞伯拉罕：「我們一直合作無間。」

「我們的過去說來話長。」馬里奧斯說：「跟我來吧。」

我們跟著他走。

在囚禁室內，為什麼我突然變得精神？因為艾爾莎跟我說基多圖還未死，亞伯拉罕幫助我們把它的記憶保留下來。

我急不及待跟著馬里奧斯，就在另一間玻璃房間內，看到一個舊式的鐵皮機械人。

「時空，才沒見一星期，你怎麼好像瘦了？」機械人說。

「你是……基多圖？」

「死就死吧！」

它只說出一句話，我已經知道它就是基多圖！

我用力擁抱著它冰冷的鐵皮外表……很溫暖。

「我們已經保留了它的記憶體，功能可能沒以前那麼強勁，不過，正常的操作是沒問題的。」亞伯拉罕說：「當然，它沒法再管理時空管理局的中央系統。」

「我還是很強大的。」基多圖舉起了手臂：「充滿力量的臂彎。」

「不，還是不像人類。」我笑說：「語氣可以加強一點。」

「很大打擊。」它說。

其他人都在笑了。

亞伯拉罕和馬里奧斯跟我說，不能告訴任何人基多圖還存在的事，只有我們四人知道，絕對要保密。

「為什麼你們要幫助基多圖？」我問。

他們對望了一眼。

「因為它可以協助你。」馬里奧斯說。

「我們不想你有生命危險。」亞伯拉罕說。

「我會有什麼危險？」

「我們覺得『某個人』想對你不利，雖然暫時還沒有行動，不過還是小心為上。」亞伯拉罕說：「我們會繼續密切留意事態，現在有基多圖，我們就放心多了。」

「另外，我還有東西給你們。」馬里奧斯說。

「是什麼？」我問。

「這是我的最新發明，哈！」馬里奧斯說：「最強的武器！」

然後，馬里奧斯拿出一把……普通的透明間尺。

哈哈……不會吧？這就是最強的武器？！

《友情，不只是人類與人類，也可以人類與死物。》

CHAPTER00010－計劃 PLAN 04

管理局的會議室內。

「羅得里克，為什麼你要放走隱時空？就算他是一個特殊人物，也得接受懲罰！」其中一個議員說。

「對，這樣才公平！」另一個議員和應。

「公平？嘿。」坐在主席位的羅得里克，手托著頭說：「你們這班好食懶飛的豬，什麼也不用做，又不用戰鬥和冒險，坐在這裡批評別人，這樣也叫公平嗎？」

「什麼？你……」

「我已經決定了，釋放隱時空，還要給他重要的任務。」羅得里克說：「沒有異議，就這樣決定。」

一眾議員都覺得羅得里克就像變成另一個人一樣。

他的確已經不再是羅得里克本人。

「吉羅德長官，有一個任務我想第十三小隊與第一小隊隊員一起進行。」羅得里克說：「你安排一下。」

然後羅得里克說出了任務的內容。

「沒問題，我會安排。」吉羅德說。

吉羅德眉頭深鎖，他知道這個任務非常危險，不過，卻沒法違抗上級的命令。

此時，他想起了已經死去的太太……

還有在十三小隊中的女兒，艾爾莎。

XXXXXXXXXXXXXXXXXX

我的房間內。

我看著白茫茫的天花板，想起了亞伯拉罕說話。

「你不能回到自己時空的原因，是因為被某種力量阻止。」亞伯拉罕說：「就如你的身體一樣，你暫時不能死去，才會有自癒的能力，同理，你不能回去，是因為未來需要你的存在。」

很怪吧？

如果真的是這樣的話，未來就一定有出現過我現在的情況，這樣就代表現在不是時空的盡頭，在更遠的未來已經發生過現在的事吧？

那個未來的我，究竟在做什麼？

「時空！」艾爾莎來到我的房間：「睡不著嗎？我來陪你！」

我還未回答她，她已經跳上我的床上。

「你們未來人真的很開放。」我說。

「我經常也跟其他人一起睡，有什麼問題？」

或者不是文化的差異，是……時代的差異吧。

她抱著我，睡在我的胸脯上。

「我已經很久沒跟爸爸媽媽一起睡了。」她說：「很溫暖的感覺。」

「很正常，在我的時空成年人不會跟父母睡的。」我說。

「真的嗎？」艾爾莎說：「對！說起你的時空忘了跟你說，凝秋香還在找你。」她說。

「什麼？」

然後艾爾莎給我看一個畫面，是阿凝在街上派傳單，傳單上是我的相片，寫著「失蹤人士」。

「全部人都覺得你已經死了，只有她還沒放棄。」艾爾莎說。

「阿凝……」

「我看過你的過去，你喜歡凝秋香？」

「喜歡，不過我選擇不去擁有，她是我最好的朋友。」我看著畫面中她辛苦地派發傳單：「一世也是。」

阿凝，我一定會回來！我還欠你一份結婚禮物！

「喜歡但不擁有嗎？」艾爾莎看著我：「我也可以這樣做？」

然後，她吻在我的臉上。

我呆呆地看著她，愈是近看，她愈是漂亮。

「妳喜歡我嗎？」我問：「我只是一個普通又沒用的男人。」

「不，你很特別。」艾爾莎說：「其實我也不知道什麼是愛情，尤其像我這種卵生人，是禁止戀愛的。」

我知道她有話想跟我說。

「不過當我遇見你，開始明白什麼是……喜歡一個人。」她溫柔地說。

「但如果有一天我要回去……」

「喜歡但不擁有。」她說：「你永遠是我的回憶。」

「嘿，妳也是。」

我輕輕地抱著她。

從我第一天遇上艾爾莎開始，不只是因為她的漂亮外表，我很喜歡她的性格，她讓我覺得未來的人類都是無害的。

就算她不像正常人類出生，她也沒有因為這樣而放棄她的人生，就算母親不幸死去，她也沒有放棄自己的理想，一直努力地生活著。

最重要是，她從來也不嫌棄像我一樣的社會垃圾，她相信我。

「喜歡但不擁有」，或者，就是我們愛的方法。

這一晚，艾爾莎把她的「第一次」……交給了我。

《愛你，不只是你比別人漂亮，而是你比別人善良。》

CHAPTER0008 ─ 計劃 ─ PLAN 05

第二天早上。

我們來到了第一隊的會議室開作戰會議。

這次的任務，聽說是司令官羅得里克直接委託，應該是很重要的任務。

「我先來介紹，他是第一小隊的隊長秦伯傑，我們曾經一起出生入死，他是我最好的隊友，哈！」金大水說。

「大家好！」紅髮的傢伙說。

另外還有三個隊員，分別是像忍者的鬼背谷，穿著白色和服的雅美都，還有一個身形巨大的雄基，總是覺得他們古古怪怪的。

我們十三小隊也自我介紹。

「真不明白為什麼要跟十三隊合作。」鬼背谷說：「上次已經幫他們收拾爛攤子。」

「什麼爛攤子？」竹志青不服氣：「那次出現『入侵』根本就不關我們事。」

「啊？艾爾莎妳的頭髮很香啊！我最喜歡美麗的頭髮！」雅美都嗅著她：「可以剪一些給我收藏

嗎？」

「才不要啊！」艾爾莎說：「妳自己也有吧！」

「妹妹，你要加強鍛練肌肉，看妳好像幾天沒吃飯似的。」雄基看著雪露絲說。

「我……我每天都吃飯……」雪露絲低下頭說。

他們就像小屁孩一樣吵吵鬧鬧，我在一旁苦笑。

「你們認真一些可以嗎？」我說：「真不夠專業。」

「你才不夠專業！」鬼背谷與竹志青一起對著我說。

「好了好了！大家安靜！」秦伯傑拍拍手：「這次是很少有的合作任務，我跟大水只希望大家完成一件事。」

「在任務中……」金大水認真地說：「別要死去。」

我們全部人也靜了下來。

「這次是非常危險的任務。」金大水說：「任務級別是……『S』。」

我看著竹志青雙眼發光，他一直也期待著S級的任務。

「任務級別愈高，死亡率也會愈高，你們都知道吧？」秦伯傑說：「所以希望你們兩隊人可以好好合作，讓死傷率減到最低。」

「等等……」艾爾莎擔心：「時空才第三次執行任務，已經要做S級任務？」

「這是司令的直接安排。」金大水說：「我也沒辦法。」

「沒問題的。」我自信地說：「我有不死身！」

就在此時，我的心臟出現了強烈的痛楚！

我跪在地上，一手捏緊心口位置！

「時空！」

我想起了我甦醒那天，弗洛拉單獨跟我說的話。

……

…

.

「剛才有其他人在場，我才沒有說出來，我怕他們太擔心你。」弗洛拉說：「雖然你沒有死去，不過你的心臟會承受嚴重的後遺症。」

「是什麼後遺症？」

「我嘗試用最簡單的方法跟你解釋。」弗洛拉坐到我的床上：「你現在就像玩一個VR遊戲，你被殺也不會死去，不過，當你傷勢太重，又或是在遊戲中死亡，就會影響你的真實身體。」

「也沒所謂吧，至少我不會死去，哈。」我笑說。

「有時後遺症可能更嚴重呢。」弗洛拉表情恐怖：「總之，你自己要小心。」

……

…

．

現在的心臟痛楚其實已經不是第一次發生，而且好像比上次更痛。

「哈！我沒事！」我勉強地站起來：「只是昨天睡得不好而已，哈哈！」

我想在場的人只有艾爾莎知道我不是睡得不好。

「好了，你們又說什麼危險，又說S級的任務……」我笑說：「究竟今次任務是哪個時代？今次的對象又是誰？」

秦伯傑與金大水對望了一眼，然後點頭。

「這次任務的時空是……**日本戰國時代。**」金大水說：「目標是一位亂世梟雄……**織田信長。**」

《當你傷痕纍纍，才發現不想失去。》

CHAPTER00011
天下布武
OVER WORLD

CHAPTER00011 - 天下布武 OVER WORLD 011

艾爾莎曾跟我說過，所有有關戰爭的任務，都是A級或以上。

因為過於危險，接近90%都會有死傷。

「織田信長嗎？」

我讀過他的歷史，出生於尾張國，就是我時代的愛知縣西部。少年時被人稱為「尾張的大傻瓜」，因為他從不循規蹈矩，不服從禮節之類的事，每天都是在打架鬥毆、偷盜破壞，根本難成大器。

後來卻成為了統一日本的第一人。

不，最後他沒有統一日本，就在他快要完成「天下布武」的征服旅程之時，他在本能寺割腹自決，享年四十八歲。

史稱……**「本能寺之變」**。

為什麼他要自殺？

因為他被「織田五大將」其中一個叫明智光秀的男人背叛，率領大軍包圍本能寺，起兵謀反討伐織田信長。

織田信長最後自殺身亡。

織田信長死後，明智光秀也不好過；十一日後，與另一位「織田五大將」豐臣秀吉決戰，戰敗逃亡時被農民殺死。

最後，由豐臣秀吉統一了全日本。

故事完結了？不，還未。

豐臣秀吉統一日本後，決定侵略朝鮮，就是我時代的韓國。因勞民傷財，長年征戰消耗日久，最後，由織田信長小時候一位好友奪取霸權，他的名字叫……德川家康。

日本戰國時代結束，江戶幕府正式成立。

江戶時代正式開始。

四百字寫完了織田信長出生至日本戰國時代結束，不過，當中的細節與複雜程度，不比中國的三國時代低。

金大水說，這次的任務「漏洞」，就是織田信長沒有死在本能寺，最後稱霸日本。我們要修改這個漏洞，讓歷史不改變。

簡單來說，這次的任務有四個重要人物，織田信長、豐臣秀吉、德川家康與明智光秀。

當然，歷史是由勝利者書寫的，同時，又有無限個不同的版本，比如在「本能寺之變」，信長之死也有無數個版本。

如果想知道真相……直接去經歷吧！

會議後的第二天，我們來到第一小隊的作戰室。

我們每個隊員都已經分配了任務，而我，就是由織田信長的少年時代開始跟他接觸。

「你要小心。」艾爾莎抱著我。

「沒問題的。」我在她耳邊說：「我有基多圖。」

「對，我在！」變成一個鑽石鎖匙扣的基多圖說。

艾爾莎被安排到殺死信長的明智光秀童年時代。我們兩個的任務，都被安排不接觸戰爭的部份，也許是金大水，甚至是艾爾莎父親吉羅德安排的。

他不想艾爾莎會有什麼危險。

十三小隊，我、艾爾莎、竹志青、金大水、雪露絲。

第一小隊，秦伯傑、鬼背谷、雅美都、雄基。

「大家準備好了嗎？」金大水看著我跟艾爾莎：「你們兩個是最早期的任務，非常關鍵，知道嗎？」

「沒問題！」我們一起說。

「好了，如果大家準備好……」秦伯傑發施號令：「現在出發！」

我們一行九人，正式出發！

日本戰國時代，我來了！

XXXXXXXXXXXXXXXXXXXXXXX

天文十三年（1544年）。

日本尾長國勝幡城附近村落。

「去死吧！」

「不要！求求你！不要！」

一個十歲的男孩，正用木刀打在一個年紀更小的男孩身上，小男孩痛苦得只能抱著自己滾在地上捱打。

大部分的男主角，都有一個痛苦的童年，不是被欺負，就是生活在一個破碎的家庭。

十歲男孩繼續拳打腳踢，完全不理會那個比他個子小的男孩。

直至小男孩再不能爬起來。

沒錯，男主角都是從痛苦中磨練自己，不過，這次不同，因為男主角不是被毆打的一個，而是心狠手辣的大男孩！

「真沒用，早點去死吧！」他用木刀指著地上的男孩：「你知道嗎？未來的日子，我一定可以……統一天下！」

這個大男孩叫……**織田信長**。

《每一個故事的主角，都會經歷千辛萬苦。》

CHAPTER0001 - 天下布武 | OVER WORLD | 02

天文九年（1540年）。

美濃國可兒郡明智城。

艾爾莎比隱時空更早出發來到了這個時代，她的目標人物，是十二歲的*明智光秀。

烈日之下，明智光秀揮舞著木刀練習，汗流浹背。

光秀跟信長不同，他從小已經勤勉好學，希望成為一個文武雙全，在這個時代有貢獻的人。

不過，艾爾莎來到這個時空接觸的第一個人，不是明智光秀，而是他的表妹。

她是美濃國大名齋藤道三的女兒，今年只有五歲。

她的名字叫……*歸蝶，即是「濃姬」。

她坐在一旁，看著表兄明智光秀練習刀法。

「很熱啊！」

此時，一個女生坐到她的身邊，歸蝶用大大的眼睛看著她。

她是穿上日本和服的艾爾莎。

「為什麼大熱天時還要穿和服？」艾爾莎用袖子抹去汗水：「妹妹，妳不熱嗎？」

歸蝶搖搖頭：「姐姐妳是誰？」

「我是……」她看著附近用來過河的木板：「妳就叫我坂本小姐吧！」

「坂本小姐妳好。」

「真乖！對啊，為什麼妳來這裡？」艾爾莎指著遠處的明智光秀：「是不是來看表哥練習？」

歸蝶害羞地點頭。

「他年紀小小已經這麼有幹勁，真的很有型啊。」艾爾莎說：「你長大後一定可以成為他的賢妻！」

「什麼是賢妻？」

「其實我也是最近才知道，嘻嘻！」艾爾莎拍拍她的頭：「就是可以跟光秀表哥永遠在一起，妳想不想這樣？」

「想！」

「很好，所以歸蝶妳也要努力啊，要讓光秀表哥知道妳有多愛他！」

「我要怎樣做？」歸蝶點點自己的小嘴巴。

然後，艾爾莎分享了跟隱時空的相處，歸蝶聽得津津樂道。

「好了，我是時候要走了！」艾爾莎說：「也許，我們可能會再見面！」

「謝謝妳，坂本小姐！」

艾爾莎離開後，明智光秀也練習完畢，他發現了歸蝶，走向她。

「歸蝶妳為什麼會在這裡？」明智光秀問。

「我來看表哥練習！」

「嘿，是這樣嗎？」明智光秀笑說：「好吧，我們一起回去吧！」

然後十二歲的大哥哥牽著歸蝶的小手，在夕陽下，一對兩小無猜的表兄妹，愉快地離開。

歸蝶很快樂，不過她現在才想到……那位坂本姐姐為什麼知道自己的名字？

不過，算了，現在的她覺得很幸福。

艾爾莎看著他們牽著手離開。

「很浪漫呢，嘻。」

她為什麼要這樣做？

大約十年後，天文十八年（1549年），從小已經深愛著光秀的歸蝶，因為政治婚姻，十四歲時嫁給了另一個男人成為正室。

而這個男人就是……織田信長。

一切也是「時空管理局」的計劃。

此時，艾爾莎突然腹部一痛，蹲在地上。

「發生……發生什麼事？」

艾爾莎像隱時空一樣出現後遺症嗎？

但為什麼會這樣？

痛楚只是一瞬間，很快她又回復過來。

「好吧，我要繼續幫助光秀與歸蝶！」她說。

雖然她這樣說，不過其實她並不高興，因為她知道，最後的目的就是想信長與光秀……

反目成仇。

《識於微時的開始，長大成人卻終止。》

＊明智光秀，生於享祿元年（1528年，時空管理局歷史），天正十年（1582年）逝世，享年54歲。

＊歸蝶，後世稱「濃姬」，生於天文四年（1535年），慶長十七年（1612年，時空管理局歷史）逝世，享壽77歲。

天文十三年（1544年），尾長國勝幡城附近村落。

織田信長準備給小男孩最後一擊！

「再見！」

突然！一個男人從後捉住他的手臂！

「你再打他就死了！」

他是隱時空，他來到了這個時代，跟織田信長遇上！

「關你什麼事？我喜歡打那個人就打那個人！」織田信長說：「我要殺誰就殺誰！」

「媽的，你這個小屁孩！」他 手把信長的木刀搶過來。

怎說，時空也是成年人，絕對比當時的信長力氣更大。

此時，其他小孩走了出來，隱時空說：「把你們的朋友帶走！」

小孩一直怕信長不敢出來，現在時空挺身而出，他們才有勇氣站出來。

幾個小孩把受傷的小孩帶走。

「不准走！」

「去你的！我最憎人大蝦細！」隱時空一腳把織田信長踢開：「嘿嘿，不過，我卻最喜歡大蝦細！」

時空握緊木刀，走向了信長。

「你……你想做什麼？」

「還用說嗎？」

木刀揮向信長，他用手臂格擋！

「很好！繼續擋吧！手骨也打碎你！」時空沒有手軟繼續攻擊：「我早說了，哪個時代都會有欺凌！」

現在信長就如剛才被打的小孩一樣，只能抱著自己，減少傷勢！

不同的，他沒有半句求饒的說話！

時空一拳轟在他的臉上！信長想還手，卻被身高一截的時空一腳踢飛！

「再來吧！屁孩！」

完全不怕死！織田信長赤手空拳撲向時空！時空本想用木刀還擊，卻被信長靈活地避開，他在時空的肚皮轟了一拳！

信長撲向時空，把他推倒在地上，然後拾起地上的石頭，向著時空的頭顱攻擊！

「媽的！」時空痛苦地大叫。

然後重重一拳把信長轟開，他摸摸自己的頭髮，手掌染滿鮮血！

他沒想到一個十歲的小孩，會如此的凶狠！

他看著被轟開的信長，以為他已經站不起來，卻發現信長滿面鮮血站著，手中拿著石頭，用一個殺人的眼神盯著自己！

「豈有此理！」

時空以為只是一個很簡單的任務，只是對付一個十歲小孩，可惜，他忘記了，對方不是其他人，而是⋯⋯織、田、信、長！

他們再次交手！

⋯⋯

⋯

．

五分鐘後。

織田信長終於被打到倒地不起，而時空也沒好到哪裡，全身是傷，他坐在信長的身邊。

「你是不是瘋的？」時空說：「根本沒法打贏我，你應該選擇逃走。」

「我不逃走……」信長看著天空：「如果要死……就死在這裡吧……有些事……是無可奈何的……」

時空看著比自己傷得更嚴重的信長……笑了。

然後信長也笑了！

兩個人一起看著藍藍的天空大笑了！

「人類……只有武力可以解決問題……」信長說：「而人類的規則……就由我來定！」

「天下布武……」時空說。

「對！就是天下布武！」信長高興得吐出鮮血：「未來……我會收你為我的大將……助我打天下，快報上名來！」

「哈哈！你這個小屁孩真的是！」時空想了一想：「我叫……太郎，Q太郎。」

「橋太郎？」

《有幾多人的夢想，可以從來不改變？》

CHAPTER0004 - 天下布武 | OVER WORLD | 04

天文十八年（1549年），2月。

春花盛放、百花爭艷，在滿佈花海的景色下，齋藤家與織田家舉行了一場盛大的婚禮。

歸蝶下嫁給織田信長。

場面一片熱鬧，家臣紛紛高歌起舞，大家也飲飽食醉，非常愉快。

唯有兩位主角，從他們臉上的笑容，可以看得出都是強擠出來，因為他們都知道這只不過是……

政治婚姻。

我跟艾爾莎在遠處看著整個宴會。

「十四歲就出嫁了，真幸福！」艾爾莎說。

「連選擇喜歡誰都沒有自由，這樣真的叫幸福嗎？」我說。

艾爾莎牽著我的手：「你呢？是不是你自己的選擇？」

「嘿，當然。」我吻在她的額上：「同時妳也選擇了我。」

的。

其實我想說是上天安排，不過，算了，女生都喜歡聽甜言蜜語，無論過去的、現在的，還是未來

同一時間，我們看著另一個人，那個在喝著悶酒的男人，他是……明智光秀。

我們的目的，就是要破壞光秀與信長兩人的關係。

有什麼方法？七個字。

「英雄難過美人關」。

我當然非常明白現在光秀的心情，就好像我沒法得到阿凝一樣；不同的，就是我選擇不去擁有，而光秀卻被迫不能擁有，只能對信長懷恨在心。

就算光秀之後成為了信長的家臣大將，光秀表現有多忠心，信長有多重用他也好，他們內心都會因為歸蝶而埋下仇恨與妒忌的種子。

最後，信長會在「本能寺之變」之中，遭到光秀的背叛，死在本能寺。

「我們……」艾爾莎還未說完，她用力地握著我的手，表情痛苦。

「發生什麼事？」我擔心問。

「沒……只是腹部有點痛……」

此時，金大水的聲音出現。

「你們已經完成第一步任務嗎？」他在喘氣：「快來幫手！」

「你在哪裡？」

金大水沒有立即回答，然後就是兵器相交的聲音。

「隊長，你沒事嗎？」艾爾莎說。

「你們在哪裡？」我再追問。

「我正在……人間地獄！」

……

…

．

天文六年（1537年）。

時間回到十二年前，尾張國愛知郡中村的草屋內。

一個大夫正在替一個女人接生。因為只是貧困農戶的家庭，接生的地方都很簡陋，不過，幸好有這位醫生，嬰兒健康出生。

「謝謝你大夫！真的謝謝你！」農夫對著醫生說：「如果不是你，我怕我太太會難產！」

「我也只是路過，沒想到可以幫到你們，是我的榮幸。」男人說。

剛剛誕下孩子的女人，溫柔地撫摸著嬰兒。

「這個孩子長大後，一定有非常大的成就。」男人說：「甚至可以成為一國之君。」

「哈哈！怎可能？我們只是貧窮的農民而已！」農夫說：「只要他健康成長就好了，不需要什麼飛黃騰達！」

「大夫，你可以替孩子改一個名嗎？」女人問。

「好吧。」男人想了一想：「叫藤吉郎也不錯。」

「藤吉郎！」農夫說：「好名！就叫藤吉郎吧！」

大夫微笑了……

暗宇宙燦爛地微笑了。

他也來到了日本戰國時代，他的目標不會是其他人，目標只有一個……隱時空。

他救下了可能會難產而死的男嬰，還替他起名為藤吉郎。

後來，這個出生貧窮的藤吉郎，改名為……*豐臣秀吉。

統一整個日本的男人。

暗宇宙在幫助「時空管理局」？他究竟有什麼目的？

《哭著出生，笑著離開，有幾多人能夠做到？》

*豐臣秀吉，生於天文六年（1537年），慶長三年（1598年）逝世，享壽61歲。

永祿三年（1560年），5月。

今川義元動員二萬五千兵力，大舉入侵織田家尾張國！

只用了六天時間，今川大軍已經攻陷了只有不足千人駐守的大高城，織田軍岌岌可危！

織田信長想到一個計劃，先讓今川義元以為已經必勝無疑，放下戒心，沒有再加速行軍；然後信長率領二千士兵突襲今川義元的本陣，殺他一個措手不及。

這是日本歷史中非常著名與重要的「桶狹間之戰」，最後信長奇襲成功，讓「尾張的大傻瓜」一戰成名，信長從此展開對鄰國的侵略，稱霸近畿地方。

然後統一了中西部的日本，終結了戰國時代群雄割據的局面。

可是，跟歷史完全不同，織田信長率領的二千士兵已經死去近半，今川義元好像早已知道信長會來突擊一樣，本來只有一千士兵的本陣，部署了五千！

織田軍陷入了苦戰！

而金大水與竹志青的任務，是成為織田信長的士兵，幫助信長奇襲成功，現在卻反被殺過片甲不留！

竹志青一槍刺入今川士兵的身體，很威武嗎？不，因為他已經傷痕纍纍，二千士兵對五千兵力，而且對方已經早有準備，織田軍根本就沒有勝算！

「隊長，現在怎樣辦？！」竹志青問。

「別要死去！」金大水沒有下一句，他把其中一個士兵攔腰斬下。

竹志青看著屍橫遍野、血流成河的戰場，沒想到S級任務會如此可怕。

人類的戰爭，會是如此可怕。

頭顱、殘肢、鮮血滿佈一地，痛苦的慘叫此起彼落，竹志青呆了一樣看著眼前的景象，全世界都在動，只有他一個呆著。

他沒發現一個今川士兵已經走近，士兵一刀向竹志青劈下！

「噹！」

一個人替竹志青擋下一刀，她披風蓋頭，不能讓其他人知道她是女兒之身！

「你發什麼呆？！」

她是艾爾莎！她跟隱時空來到了！

竹志青立即清醒，斬殺那個今川士兵！

「時空呢？」金大水問。

艾爾莎指著遠方：「信長那邊！」

……

…

．

今川義元本陣營地。

媽的！為什麼跟歷史不同的？！不是奇襲嗎？為什麼反而好像被敵軍計算了一樣？

我沒有跟金大水他們會合，我知道，織田信長這個屁孩，不會放棄攻入本陣營地，他誓死闖入敵陣中心！

我趕到今川義元營地，我的想法沒錯，我見到負傷的織田信長斬殺著敵人！

他的士兵不多，以寡敵眾，信長沒看到背後有敵人！

「小心！」

我把軍刀飛向那個士兵，正中他的心臟！他立即倒下！

在這時代殺人是合法的嗎？我並不知道，我只知道，如果不殺死敵人，死的人會是我自己！

死的人會是我身邊重視的人！

織田信長聽到痛苦慘叫，回頭看，他發現了我！

已經二十六歲的織田信長，帥氣威武，不再是那個小屁孩！

他呆了一樣看著我：「……橋太郎？！」

「屁孩，我們又見面了！」

《殘酷的戰爭，敵人不是人。》

「橋太郎……為什麼你會在這裡？」織田信長愕然：「而且你好像沒有老過一樣？」

「一言難盡。」我說：「簡單來說，我就是來幫你！」

「信長！不能再等了！」信長其中一名大將*服部一忠說。

「我就知道你會殺入敵陣！」我對著他說：「就像小時候一樣，永不言敗！」

信長笑了，不過，已經沒有多問詳情的時間。

「還等什麼？」我說。

「一起上吧！」他說。

我加入了信長的討伐小隊，騎在另一將武將*千秋季忠的馬上，一直向今川義元的位置殺下去，直搗黃龍！

「放心吧，我馬術一流！」千秋季忠說：「我曾同時跟兩個女人在馬上做愛，也沒掉下來！我不會讓你掉下馬死去！」

「哈哈……」我尷尬地笑說：「我信你……我信你……」

對於我來說，我絕對不擅長殺敵，不過有基多圖的幫助，我可以更早知道敵方的位置！還有我手上黑色的武士刀，鋒利無比！

我跟信長一起殺下去！

「好刀！」他斬殺一名士兵：「名稱？」

我想了一想：「隱月黑刀！」

「好名！」

我也不知道殺了多少敵人，直至我把一個男孩的矛斬斷，他看似只有十二三歲，那個即將要死去的眼神，讓我停了下來，沒有斬下去。

就在千鈞一髮之際，男孩快速拿出暗藏的武器，埋身向我攻擊！

幸好在旁的信長比我更快，把男孩劈下，鮮血噴到我身上！

「不能有憐憫之心，就算是婦孺與老人，也要斬殺！」信長堅定地說：「不然，死的人就是你！」

歷史記載的織田信長，是一個牛性極惡無道、兇殘暴戾的人，現在，我終於明白，在戰場上說什麼仁義道德？如果不兇殘，不可能生存下去！

我們的小隊銳不可當，終於遇上今川義元！他一身金甲，氣勢非凡！不過，他沒預計到信長會這麼快來到他的本陣，他還以為信長只是一堆廢物！

大將服部一忠趁今川義元還未回神，用長槍刺傷今川義元！不過，沒刺中要害，卻被今川家的大將砍傷膝蓋！

「織田信長！今天不是你死，就是我亡！」今川義元大叫。

「沒有我亡！只有你死！」

兩方開始交戰，因為信長行軍奇快，在本陣人數相約，暫時勢均力敵。不過，如果久戰，今川義元在外的援軍隊就會回來本陣助戰，到時，我們根本不會有勝算！

「時空，四個敵人將要包圍你，左面的士兵會在3.2秒後出刀斬殺，後方會延遲2秒作出攻擊，另外……」基多圖在分析。

「媽的！我知道了！」我大叫。

它怎樣分析也沒用，因為愈來愈多敵人出現，我根本分身不暇！

「小心！」

千秋季忠突然出現擋在我的面前！他的身體被三支長矛貫穿！

「季忠兄！」

他沒有倒下，繼續斬殺敵軍士兵！

「嘿……我都說不會讓你……死去……」

千秋季忠口吐鮮血，當場氣絕身亡！

他……他救了我一命！

「信長有危險！」基多圖說。

我看著信長的方向，他以一敵三把三名大將斬殺，不過，今川義元非常強悍，一直壓著信長！

同一時間，遠處發出的弓箭射中了信長的鎧甲！影響了他跟今川義元的戰鬥！而其他的織田家大將與家臣同樣深陷險境，沒法幫助信長解圍！

我看著發箭的方向，至少十個弓兵已經準備再次發射！

不行！這樣信長會死在這裡！歷史就會完全改變！

已經沒有遲疑的餘地，我拿出……

馬里奧斯送給我的間尺！

《太多死於戰場的將士，沒有任何歷史記載。》

＊服部一忠，生於天文元年（1532年，時空管理局歷史），文祿四年（1595年）逝世，享壽63歲。
＊千秋季忠，生於天文三年（1534年），永祿三年（1560年）逝世，得年26歲。

時空管理局，機械工程部。

「間尺？」我拿著它：「這是最強的武器？」

「對，給你在最危急的時候使用。」馬里奧斯笑說：「這是十大武器之首，哈哈！」

只是一把普通的透明間尺，完全沒有殺傷力。只有一個地方不同，間尺上有一個按鈕。

「別要看這把便宜的間尺，他的攻擊力非常驚人，別要輕易按下柄上的……」

「是不是這個？」

我沒等他說完，按下了那個按鈕。

「不要！」馬里奧斯大叫。

已經太遲，強風在半秒之間吹起我的頭髮，同一時間……

「不會吧……」艾爾莎看到呆了。

在我前方的地上，出現了至少十米長的裂痕！間尺的「刀氣」把整個房間的地板分成了兩半！

「唉，又要維修了……」馬里奧斯跟我說：「這不是一把普通的間尺，我根據日本動漫的刀氣來設計，它可以把最堅硬的金屬斬開，而且距離可以伸延至一百米之遠！」

我再次按著按鈕，向著前方揮動……

「小心！」

遠處的牆壁被斬開，地板也被破壞，看到工程部外的風景！

「嘿。」我看著手中的這把間尺：「這太瘋狂了吧？」

「記得，開始任務之後，一把間尺只能使用三次，能量就會耗盡。」馬里奧斯說：「你們要好好使用。」

……

：

．

日本尾張國桶狹間。

我向著弓箭手的方向揮動間尺！

「刀氣」向著眾人衝去，不到一秒，十數個弓箭手全部被我斬殺！

然後，我再向身邊其他的敵人揮動間尺，幾個士兵被攔腰斬開！

大家也不知道發生了什麼事，甚至連我也沒法預計間尺的殺傷力！

我呆呆看著被我斬殺的敵人，全部已經身首異處，血流成河……

我一次殺了十人？二十人？我比那些變態殺手更可怕？

「不能有憐憫之心！」

突然我想起信長的一句說話！

我回頭看正在苦戰的信長……

「呀！！！」

我衝向織田信長與今川義元交手的方向！

今川義元已經把信長打下馬！長矛即將貫穿他的心臟！

我雙手緊握著間尺……

「去死吧！」

我向著今川義元揮動！

「刀氣」就如風一樣斬向今川義元！

「擦！」

今川義元根本不知道發生什麼事，他的身體已經被刀氣……一分為二！

就連信長也呆了一樣看著被分屍的今川義元！

「橋太郎……」他看著我：「你做了什麼？」

我只看著那具死狀恐怖的屍體……

信長……笑了。

「哈哈哈哈！哈哈哈哈！」信長瘋了一樣大笑：「我一定要收你為我大將！助我打天下！哈哈哈哈哈哈！」

他的樣子扭曲，就如日本顏藝的表情！笑得非常恐怖！

在一個被分屍的人面前，瘋了一樣大笑！

在這一秒，我心中突然出現了一個想法……

「我……真的做了正確的事嗎？」

《憐憫之心只能出現在和平的時代，而不是戰場。》

今川義元死後，今川軍群龍無首，陣腳大亂，織田軍卻士氣大振，勢如破竹，最後桶狹間之戰以大勝告終。

今川軍戰敗，一個叫松平元康的男人趁機佔據岡崎城，擺脫今川家的支配。之後，松平元康跟兒時玩伴織田信長結盟，結成勢力強大的「清洲同盟」。

這位松平元康，最後結束了日本戰國時代，成立江戶幕府，開啟江戶時代。

他就是數年後改名的*德川家康。

……

⋮

．

三天後。

織田信長舉辦宴會，慶祝凱旋而歸。

在場的除了信長，還有用長槍刺傷今川義元的服部一忠和一眾大將，以及已經改名為木下秀吉的藤吉郎，即未來的豐臣秀吉。

我、金大水、竹志青也來到了宴會，而艾爾莎與雪露絲因為是女生，不宜參加，她們還有另一任務要完成。

「『桶狹間之戰』的『奇異點』結算已經修正，下一步就等秦伯傑第一隊的人處理，我們可以先休息一下。」金大水說。

「你們不覺得奇怪嗎？」我問：「為什麼今川義元好像早有準備？歷史不是說織田信長順利完成斬殺義元？」

「有什麼奇怪？新仔，就是因為歷史改變，我們才要來這裡完成任務。」竹志青一口把酒喝下。

真的是這樣嗎？

信長奇襲的事一定是有人告密，問題是……誰告訴了今川義元？

此時，信長有話要說，可以看山士兵們也非常尊敬這位主公。

很可悲吧？無論是我的時代還是現在，殺人最多的武將與大名，會成為別人尊敬的對象，什麼岳飛、關羽，甚至是花木蘭，大家都在歌頌這些人；有誰會想過，被殺的士兵和他們家人的心情？

殺人放火金腰帶，修橋補路無屍骸。

「我軍這次的大勝，有一個人至關重要，他就是……橋太郎！」織田信長說得非常有氣勢。

我站了起來，接受大家的歡呼。

「天下布武！」織田信長指向天上：「是橋太郎給我的四字真言，我們將會讓天下人知道，我們織田家的厲害！」

全場的人也在助興拍掌。

「猴子！」信長大叫。

「是！」其貌不揚的男人走了出來。

他就是秀吉，信長喜歡叫他做「猴子」。

然後，秀吉拉出了……三個赤裸的女人！

「他們……想做什麼？」我瞪大了眼睛。

「誰想死了今川家的女人？」秀吉大叫。

全場開始哄動，紛紛舉手自告奮勇，然後秀吉抽出了三個士兵，他們手中已經拿著武器。

「求求你們……放過我……我們只是普通女子……」其中一個女人哭著臉對著信長說。

織田信長只看了她一眼，然後說出一個字。

「斬。」

士兵用武士刀斬下那個女人的頭顱！鮮血噴在另外兩個赤裸女人身上，全場士兵再次高興歡呼！

第二個士兵，用一個大鐵鎚不斷敲打女人的臉，那個女人血肉模糊地死去，場面非常血腥！

「媽的……」我已經控制不住自己。

此時，金大水捉住我的手臂：「我明白你的心情，但別要節外生枝。」

最後一個女人，被將士用一條麻繩纏在頸上，他慢慢地收緊麻繩，女人非常痛苦，眼睛也快要掉出來……

我只能眼白白看著她被虐待而死，而全場的男人反而像快要射精一樣興奮！

天下布武……以武力取得天下……

無論是男女老少，只要是敵人通通都要死！而且要死得慘烈！

我們三人沒法笑出來，但我看著織田信長，他……笑了。

他那個可怕又自信的笑臉，證明他已經不是那時的小屁孩，他甚至變成了一個……暴君！

暴君的笑容！

《愈殺得多人，愈得到歌頌，人類就是這樣的生物。》

＊德川家康，生於天文十一年（1542年），元和二年（1616年）逝世，享壽74歲。

月下的天守閣。

一位女子正在遠處看著宴會的燈火，她是織田信長的正室妻子。

長大後的她美麗動人，可惜，信長長年征戰，一直冷待了她。

她在想著織田信長？才不，她的心其實在想著另一個人，她的表哥明智光秀。他們才是互相相愛的人，可惜，卻不能走在一起。

「歸蝶妳長大了很多啊！」

歸蝶回頭看，一張似熟非熟的臉孔出現在她的面前，她是艾爾莎。

「忘記我了嗎？」艾爾莎笑說，然後她指著城外河上的木板。

「坂本小姐？」歸蝶說。

「妳還記得我啊！」她高興地說。

「為什麼妳會在這裡？而且妳看來……」歸蝶說：「好像沒有變老一樣？」

「嘻，我保養得好啊！」艾爾莎隨便找一個藉口：「對啊，妳在想念著誰嗎？」

「沒……沒有……」歸蝶帶點尷尬。

「是不是那個在烈日下揮動木刀的哥哥？」艾爾莎說的是明智光秀。

「沒有啊！」

「或者，有一天，妳可以跟他真真正正走在一起，不怕被人知道自己的心意。」艾爾莎看著宴會的火光：「雖然我也不太懂得什麼是愛情，不過我明白妳的感受，因為我也有喜歡的人。」

「但妳……得到他了嗎？」歸蝶好奇地問。

「嗯，不過，他是一個不屬於我時代的人，可能有一天會離我而去，不再相見。」艾爾莎說：「跟你正好相反，我得到了他，卻怕有天失去；而你沒法得到他，卻可能在某天跟他相愛。」

「不可能的……」歸蝶失望地說：「因為我已經是信長的人……」

「歸蝶小姐，你相信月老嗎？」

「什麼是月老？」

此時，一男一女來到了天守閣。

「我來了！」同樣穿上和服的雪露絲，回頭跟一個男人說：「我沒有騙你吧，我都說她就在這裡！」

身後的男人是……明智光秀。

「歸蝶……」明智光秀的目光，只在歸蝶身上。

自從歸蝶下嫁信長後，他們已經很久沒真正碰過面，這次都是艾爾莎的計劃。她希望歸蝶與光秀關係更穩固，這樣，才能加深光秀在未來日子對信長的仇恨。

他們已經沒有其他的說話，二人在月下擁抱在一起。

「真的很浪漫呢。」艾爾莎說。

「妳從哪裡學懂這些『愛情』的？」雪露絲問她。

「*《分手寄賣店》！」

「什麼？」

「其實愛情不需要學的。」艾爾莎腦海中出現了隱時空的樣子：「只要愛上了一個人，自然會懂。」

在任何的歷史中，也沒教人什麼是「愛情」、怎樣才是「愛」，不過，從每一個歷史故事中，我們都能感受到「愛情」。

項羽與虞姬、呂布與貂蟬、李隆基與楊玉環等，在亂世之中，都能感受到最真摯的愛情故事。

而現在，在艾爾莎與雪露絲的眼中，還有眼前這一對。

明智光秀與歸蝶。

《你的愛情是……明知結局仍會奮不顧身？還是，明知奮不顧身也沒有結局？》

*《分手寄賣店》，孤泣另一愛情系列，詳情請欣賞《分手寄賣店》1至3部。

CHAPTER0012

有些事是無可奈何

HELPLESS

桶狹間之戰後，織田信長的聲名大噪。

七年後，永祿十年（1567年）信長攻陷美濃，把美濃國納入了自己的版圖。

各地的大名因不想信長的勢力日益擴大，在元龜元年（1570年）至天正四年（1576年）間，發動了三次「信長包圍網」，組成了軍事聯盟對抗織田信長。不過，三次包圍戰都以失敗告終，織田軍已無人能擋。

天正六年（1578年），織田信長已經有能力攻下日本其他地方，他命秀吉攻打中國地區，又命明智光秀征伐丹波國。

而早已成為盟友的德川家康，留守在東海道制壓，成為織田信長最強的後盾。

四國、北陸、關東、伊勢、伊賀、紀伊等地，信長也派遣最強的精兵攻打。

而「時空管理局」的第一小隊，秦伯傑、鬼背谷、雅美都、雄基，他們一直協助織田軍攻打各國。

在戰場執行任務是相當危險的，不過第一小隊身經百戰，一直化險為夷。

鹽山惠林寺附近的高山上。

織田信長與一眾武將看著惠林寺紅紅的烈火，因惠林寺窩藏敵國的家臣，而遭到信長用火燒，寺內百名僧侶死守寺內，最後前往極樂彼岸。

不怕遭天譴？信長從來不相信神佛，他只相信自己。

在燒寺之前，信佛的明智光秀極力勸信長不要燒毀惠林寺，卻被信長重重打了一把掌。

「為什麼你跟歸蝶一樣想法！婦人之見！為什麼要信佛信神？我就是神！我就是佛！」信長大罵。

這已經不是信長第一次當眾侮辱光秀，不知是因為信長暗暗知道歸蝶與光秀的關係，還是一直看不起光秀，總是對他處處針對。

天正十年（1582年）。

織田信長已掌握大權，只餘下幾個地區就能拿下整個日本的版圖，稱霸全國。

5月28日。

準備前往增援秀吉的明智光秀，參拜愛宕神社，在神社發表了一首和歌，當時，根本沒有人會想到歌詞背後的意思。

「時間到了……快下雨了……五月天……」（「時は今、雨が下しる、五月哉。」）

「雨が下しる」亦可以解讀為……「拿下天下」。

後世人都覺得和歌的意思是：「信長的死亡時間到了，我要拿下天下。」

5月29日。

織田信長暫宿本能寺，因為本能寺附近已經是織田家的領土，再沒有其他敵人，信長只帶上不到百名的手下。

6月1日。

喜歡茶道的信長，在本能寺舉辦了一場茶會。同日下午，明智光秀率領一萬三千士兵，從丹波龜山城出發本能寺。

6月2日。

明智大軍來到了本能寺，他大喊：「敵人就在本能寺！」

聽到兵器聲，信長最初還以為是護衛武士醉酒鬧事，他派出近侍森蘭丸打探，得知是明智光秀謀反討伐。

信長遠遠望見敵軍「水色桔梗」家紋的旗幟，他知道來的人正是光秀。

「有些事，是無可奈何的，沒辦法了。」

這是他人生中，最後的一句說話。

最後，織田信長在火燒的本能寺內切腹自殺，享年四十八歲。

……

…

.

等等，這只是歷史記載的故事，真實的織田信長……

真的就這樣死去？

還是另有故事？

如果，你一早已經知道自己的「命運」，你會有什麼想法？

你會相信自己敵不過天意？還是人定勝天？

一切都是……「計謀」。

《天意不能改變？還是人定勝天？》

CHAPTER00012 - 有些事是無可奈何 HELPLESS 02

6月1日，本能寺的茶會後，「他」出現在織田信長的面前。

一個要破壞任務的人出現在織田信長面前，他是暗宇宙。

信長在長年累月的征戰之中，看過無數的人，他知道面前這個叫暗宇宙的人，不會是簡單的人。

織田信長的氣勢已經無人能及，現在只有暗宇宙能夠從容不迫地駕馭。

「本來我想一早把你殺死，可惜，我的計劃被破壞了。」暗宇宙說：「桶狹間之戰中，不是他的出現，你一早已經死去。」

他說的「他」，信長只想到一個人。

「橋太郎？」他說。

二十二年前，是暗宇宙告知今川義元，信長會奇襲他的本陣，才會讓信長陷入苦戰。當年不是隱時空的介入，織田信長一早已經死去。

慶功宴會之後，信長再沒見過隱時空，他就像人間蒸發一樣。

不過，信長沒有忘記橋太郎，二十多年來，也沒有忘記。

「這次，我是來救你的，因為……」暗宇宙說：「明天你就要死。」

他告訴信長，信長奪去明智光秀一生最愛的歸蝶，就是光秀來殺信長的原因。

「不只是這樣……」暗宇宙說：「在這個時代，我見過四個人，最後一個才是你。」

第一位見面的，是豐臣秀吉，如果當時暗宇宙沒有接生，豐臣秀吉根本不會存在。豐臣秀吉成年後，暗宇宙再次找上了他，告訴他將會稱霸全日本。

但有一個必要的條件，就是要讓信長死去，而方法就是利用明智光秀。

第二位見面的人，就是明智光秀。

暗宇宙告訴他，本能寺就是他殺死信長的最後機會。因為歸蝶被搶走，而且長年也被信長侮辱，還要火燒惠林寺，踐踏了光秀與歸蝶一直深信不疑的佛教，他有絕對的理由謀反殺死最痛恨的信長。

「當然，我說自己就是佛的化身，他深信不疑。」暗宇宙說：「明天，他就會來把你殺死。」

信長沒有說話，腦海中出現了不同的畫面。

「第三個，就是……德川家康。」

他告知家康，信長會被光秀所殺，而光秀會在十一天後被秀吉所殺，秀吉會稱霸全國，不過，最後也難逃劫數。

德川家康只需要「等」，最後全日本將會落入他的手上，開創一個全新的時代，江戶時代。

歷史上有過一個說法，如果一隻杜鵑鳥不叫，要如何做？

織田信長：「殺之不足惜。」

豐臣秀吉：「誘之自然啼。」

德川家康：「靜待莫須急。」

德川家康的「等」，就是因為暗宇宙告訴他，所以他不急於一時。

「他們三個人一早已經知道自己的『命運』。」暗宇宙笑說：「是不是很諷刺？我從來也沒叫過他們不把真相告訴你，而你最信任的三個人，早早已經知道你的『命運』，卻一直也沒告訴你。」

當年，在桶狹間之戰，暗宇宙可以立即出手殺死織田信長；同樣的，他也可以現在就把信長帶走，讓歷史永遠改變。

為什麼暗宇宙沒有這樣做？

因為暗宇宙在玩這個「遊戲」，要遵守某些「規定」，就如他不能直接殺死隱時空一樣。

他不能直接把信長強行帶走。如要改變歷史，要由任務的「主角」自己決定未來，而這個主角就是……織田信長。

重複。

「如果，你一早已經知道自己的『命運』，會有什麼想法？」

你會相信自己敵不過天意，還是人定勝天？

信長聽完暗宇宙的說話後，他會立即逃走？

「哈哈哈哈哈……哈哈哈哈哈……哈哈哈哈哈！」

他瘋了一樣大笑！

而他下一個動作……

武士刀斬在暗宇宙的身上！

《天下的改變，都只不過是一場佈局。》

CHAPTER00012 -有些事是無可奈何 HELPLESS 03

暗宇宙完全沒想過信長會如此反應！

信長知道自己的命運，知道一個未來人到來找他，卻沒有半點的恐懼，甚至用刀劈殺對方！

或者，暗宇宙從來沒讀過織田信長的歷史，他根本就不知道，信長就是一個絕不盲從別人，絕不相信天命的人！

他自己就是天命！

如果要說「反社會人格」，織田信長可能就是世界上第一個擁有這人格的男人！

幸好暗宇宙的死生物在他的身上出現，擋下了信長的致命一刀。

「看來你真的不聽話。」暗宇宙奸笑：「可惜，你不可以弄傷我呢。」

看到噁心的黑色蚯蚓，信長也沒半點懼怕！

「不可以弄傷你嗎？」

下一秒，死生物被劈開，連同暗宇宙的血水，在空氣中蒸發！

暗宇宙的手臂被劈了一刀！

「怎會？！」

暗宇宙的臉上，第一次出現這個懷疑的表情。

再下一秒，當他看到信長手中的刀，他終於知道受傷的原因！

他手上的不是一把普通的刀，而是一把全黑色的武士刀！

刀的名字叫……「隱月黑刀」！

是隱時空二十多年前，留給信長的刀！

「你見過四個日本戰國時代的人嗎？」信長用隱月黑刀指向暗宇宙：「我也見過……兩個未來人！」

他所指的「兩個」未來人，一個是暗宇宙，而另一個就是……橋太郎！

織田信長早已知道隱時空的身份！

……

…

．

時間回到永祿三年（1560年）。

隱時空不想再在虐殺女人的宴會中多待半秒，他走到了附近的大草地吹風。

「艾爾莎那邊應該快完成任務了。」他說。

「對。」基多圖變成了一隻機械小鳥，站在時空的肩膀上：「時空你心情不好？」

「怎會好？」時空說：「戰爭真的……很可怕。」

「我早說過人類就是全宇宙最可怕的生物。」

「問題是，我們人類都是從每一場戰爭、每一次死亡中，慢慢繁榮起來。」他躺在草地上看著月光：「就好像我要幫助信長，他卻虐殺敵軍，其實，我不也是罪魁禍首嗎？」

「我明白你的感受，不過這是任務，如果歷史被改變，這個世界就會大亂。」基多圖說。

「就好像二戰時一樣，一定要用核彈摧毀日本，戰爭才會真正結束。」時空說：「才會有更好的未來。」

「沒錯，就是這樣。」

「我明白了。」時空說：「不過，這次的任務，我總是覺得有些問題，比如那個今川義元好像知道我們的奇襲，一早準備好似的。」

「所有時空的歷史都記載今川軍沒有準備，被信長奇襲殺死。」基多圖說。

「就是了，所以我才覺得奇怪。」時空看著圓月：「如果有人早就告訴了他……」

「你的意思是……」

「你記得在愛因斯坦的任務時，在船上出現的背心鄭？」

「當然記得，這是有史以來第一次任務被『入侵』。」它說：「你有什麼想法？」

「我覺得有『某個人』正在想破壞這次的任務。」時空把它放到掌心：「基多圖，幫我準備一些東西，而且不能告訴其他人。」

「是什麼？」

然後時空告訴了它。

「這才是……最強的武器！」

《局中有局，計中有計，就如人生。》

CHAPTER0012 -有些事是無可奈何 HELPLESS 04

戰勝今川義元的宴會後，信長找隱時空促膝長談。

「橋太郎，其實這是什麼武器？」他拿起了已經失效的間尺：「還有，你還未說為什麼你沒有變老？」

「信長。」隱時空認真地說：「你當我是朋友嗎？你相信我嗎？」

「當然！」他豪氣地說：「天下布武，都是你告訴我的，而且你還救了我。」

「但如果我跟你說二十二年後會死，你相信嗎？」時空說：「你一定要死。」

「什麼意思？」信長問。

「會死」跟「要死」是兩個不同的意思。

然後，時空拿出一樣東西，他早前叫基多圖準備的……「最強武器」。

「這又是什麼鬼？」信長高興地說：「橋太郎你真有趣，總是擁有一些我從來沒見過的物件，哈哈！」

他拿上手看，是一個長方形的盒子，盒子上印著信長的樣子。

信長皺起眉頭，因為在盒子上寫著自己的名字……

《信長之野望・新生》。

這是遊戲的盒子，盒背寫著：「跨越織田信長未能達成的天下一統之夢！讓天下重煥新生！」

「未能達成……天下一統……」

「一個記錄了你一生的遊戲。」時空嚴肅地說：「本來我不能告訴你，不過，我總是覺得有什麼問題出現，今川軍好像早有準備一樣，就像有人想……破壞我的任務。」

「我完全不明白你說什麼。」

隱時空慢慢地吐出幾個字。

「我是未來人。」

「未來人？」

信長聽到後瘋狂大笑：「橋太郎！我愈來愈喜歡你了！哈哈哈！」

「我不是說笑的。」時空說：「你一定要在二十二年後死去，才不會改變日本的歷史。」

「我不是不相信你，不過，你所說的話也太……」

時空再拿出另一樣東西，然後交給了信長，信長當堂目瞪口呆。

這是一台任天堂的Switch遊戲機，畫面就是《信長之野望・新生》遊戲。

也許，不會有人相信，織田信長拿著一台2017年出品的Switch，看著有關自己的遊戲《信長之野望・新生》。

現在這個畫面，沒有千軍萬馬，卻十分震撼。

非常震撼！

「這個遊戲，把日本戰國時代的歷史記錄下來了。」時空說。

隱時空坐到信長的身邊，拿過Switch遊戲機，演示給他看遊戲的內容，信長簡直是難以置信，不斷的搖頭。

「桶狹間之戰後，尾張國解除了東國境的威脅，你開始專心攻打美濃。」時空指著遊戲內的訊息：「怎樣了？跟你的想法一樣嗎？下一個目標就是美濃國主齋藤義龍？」

「怎會……」

「現在你相信了嗎？」時空問。

「不可能的……怎可能……」

「未來的二十二年，你會攻下日本其他大名，完成天下布武的計劃。」時空說著信長的歷史：「而你攻打美濃之後……」

「別說！」信長大叫：「別要說了！」

信長把手搭在時空的肩膀上。

時空的心跳加速，因為他不知道信長對他的說話會有什麼的反應。

殺了他？因為他妖言惑眾？

信長站了起來：「別要說了！如果你通通都告訴我……我的『遊戲』就不好玩了。」

信長在奸笑！

他不讓時空說下去的原因，是因為他不想時空……「劇透」！

不能劇透他的故事！

這代表了織田信長……相信他！

隱時空笑了。

《某些人不會改變自己的想法，就如你不會改變自己的想法一樣。》

「別要跟我說發生了什麼事，我只想知道，未來的二十二年……」

隱時空明白信長想知道什麼。

「你會稱霸日本，完成天下布武，你的一生不會枉過，雖然我絕對不認同你殺敵的手法，不過，我也知道是無可奈何，因為這就是……」時空說：「人類的歷史。」

「二十二年後？」

「你會死在本能寺，而殺你的人是你最信任……」

「夠了！我不想知道！」信長阻止他說下去：「真的他媽的有趣！有趣！」

織田信長這個人，根本沒法捉摸，時又孤獨偏執，時又矛盾隨性，不過，時空卻非常明白這個男人。

「未來，我將會變成一個怎樣的人？」

「遊戲也以你為主角，你說呢？」時空看著他：「你的事蹟會被後世人記載下來，你將會成為一個家傳戶曉的戰國梟雄！」

「哈哈哈！！！！」他高興大笑。

也許，信長根本就不怕死，他只怕自己會被人遺忘。

「其實，現在我可以一刀殺了你，不過……」信長說：「你回答我最後一個問題。」

「請說。」

「我死後的日本，會變成怎樣？」

信長最關心的，其實不是他自己的事，而是日本的未來。

「未來的日本，依然會犯下很多戰爭罪行，不過，卻成為了我最愛的國家，一個最美麗的國家。」時空說。

他們一起看著室外的夜空。

「我不是日本人，不過我覺得日本就是我的……鄉下。」時空笑說：「一個我最愛的國家。」

織田信長沒有回答他，只是臉上掛上了笑容。

對於信長來說，沒有比時空所說的「日本未來」更重要了，而時空也知道信長明白他的意思。

歷史不改變，才會有未來的日本。

他們沒有說下去，一起舉起酒杯，喝著離別的最後一杯！

時空離開後，信長才發現他留下了一把刀……「隱月黑刀」。

信長拔出了黑刀，月亮的光打在鋒利的刀身上。

「好刀！」信長用刀指著室外：「我就用你完成我的……天下布武！」

「完成我們的統一霸業！」

他說的「我們」，包括了……橋太郎！

這次，是時空與信長最後一次見面。

XXXXXXXXXXXXXXXX

二十二年後，天正十年（1582年）。

織田信長遇上了另一個未來人，暗宇宙，他還用隱時空留給他的隱月黑刀斬殺對方！

「我才不需要你幫忙。」信長霸氣地說：「因為我已經跟另一個未來人有約定！」

暗宇宙思考著，大概知道發生了什麼事。

隱時空一早已經告訴信長自己的身份，而且用了一個沒有強迫信長的方法，去修正日本戰國時代的歷史！

那個方法叫……

「男人的承諾」。

本來，織田信長是一個不會向命運低頭的男人，要他死在本能寺？不，他才不會順應天命。

不過，他卻是一個守承諾的男人。

他二十多年來也沒有忘記橋太郎……

也沒有忘記跟他的約定！

「一、你死在我的刀下，二、你死在我的軍隊之下，你選擇吧。」信長用隱月指著受傷的暗宇宙。

「嘿嘿，看來我太小看你和他」。」暗宇宙回復冷靜：「我選擇三，既然你選擇死，我也沒辦法。」

他舔著自己的鮮血，然後消失於信長的眼前。知道他是未來人，憑空消失對於信長來說也不感覺到驚訝。

暗宇宙為什麼要走？

因為他的計劃就是把所有事情告知信長，然後要他逃走，現在信長不走，暗宇宙留下來也沒有意義。

這局棋，是隱時空勝出了。

《是進攻？是退縮？就如人生的棋局。》

CHAPTER0012 —有些事是無可奈何— HELPLESS 06

天正十年（1582年）6月2日。

信長留在自己的房間內，等待最後來臨的一刻。

近侍森蘭丸走進房間：「信長大人！明智光秀……」

「真的是他嗎？嘿。」

一直以來，信長都在想橋太郎所說「最信任的人」會是誰，暗宇宙告訴了他也好，他還是不能相信。

現在他終於肯定，那個人，就是……明智光秀。

「有些事，是無可奈何的，沒辦法了。」

「是非に及ばず。」

後世記載，信長死前說過這一句說話。

這句說話的意思，就是說信長一早已經知道自己的命運，卻不選擇對抗。

一生對抗著命運的他，卻在最後一刻，為了對橋太郎的承諾、對日本的未來，選擇了接受「命運」。

無論最後來殺他的人是誰也好，他也會灑脫地說出「無可奈何」。

信長選擇了不作抵抗，下令森蘭丸在本能寺放火，自己留在房間之內。

外面的痛苦慘叫聲越來越頻密，火勢愈來愈猛烈，信長脫下了莊重的和服，拿起切腹的短刀。

沒有半點的遲疑，信長拿起短刀，捅進自己的腹部！

短刀慢慢地從左至右的切割……

信長的臉上表情痛苦，不過卻帶著笑容。

最後，他把刀稍微向上割出第二刀，血水與內臟溢出……

他在死前，看著面前的隱月黑刀……

他想起了他……

「再見了，橋太郎。」

天正十年（1582年）6月2日，織田信長……

切腹自殺死亡。

＊楊齋延一錦繪，《本能寺燒討之圖》。織田信長手持乃隱月黑刀。

XXXXXXXXXXXXXXXXXXXXXXX

織田信長的任務終於完成，不過，隱時空的故事還沒。

在同一天，隱時空沒有去到本能寺送織田信長最後一程，因為出現了從來沒有在任務中發生過的事。

不，應該說是從來沒有在未來世界發生過的事。

歸蝶的房間內。

「呀……很痛！」

在痛苦大叫的人是……艾爾莎！

她的肚子漲大，下體流出液體，那些液體是……羊水！

艾爾莎懷孕了，而且快要生產！

「孩子很快要出生了！」大夫說。

「怎……怎會這樣？」在一旁的隱時空非常驚慌。

「坂本小姐，別要驚慌，跟大夫的話去做！」歸蝶安慰著艾爾莎：「孩子會健康出生的！」

「時空……」艾爾莎捉緊他的手。

「別怕，我在！」時空用手抹去她額上的汗水。

「呀！很痛！」

艾爾莎一直也覺得肚子不舒服，是因為她已經懷有身孕！

在任務出發前那天，他們發生了關係，因為時空任務讓時間扭曲，只是過了幾天時間，艾爾莎肚內的孩子已經長大！不用十月懷胎，孩子即將要出世！

「發生什麼事？」金大水走入了房間。

「艾爾莎她……」雪露絲驚慌。

「時空！你對艾爾莎做了什麼？！」竹志青非常生氣。

「你們別吵了！」歸蝶說：「坂本小姐要生產了，你們全部給我出去！」

根本沒有人知道會發生這樣的事，因為從來也沒有孕婦執行時空任務！

「沒事的！」時空吻在艾爾莎的額上：「你們一定會平安無事！」

你跟孩子一定會平安無事！

《後來你的名字，成為我的故事。》

CHAPTER00012 - 有些事是無可奈何 HELPLESS (7)

房間外，我跟其他人正在等待著。

黐線……只是幾天時間，我就變成了……爸爸？！

「媽的……我完全不知道會這樣……」我的心情非常複雜。

「你這個賤種！」竹志青一拳轟在我的臉上。

我整個人被轟到退後。

「如果艾爾莎有什麼事，我一定殺了你！」竹志青憤怒地說。

我吐出了血水：「殺了我嗎？現在就來吧！」

「我現在就殺了你！」

金大水和雪露絲阻止著他。

此時，房門突然打開，艾爾莎的痛苦叫聲還持續著，歸蝶說：「你們別要吵好嗎？就等坂本小姐好好生產！」

「知……知道了……」我吞下怒氣：「對不起。」

房門再次關上。

此時，第一隊隊長秦伯傑也來到了。

「真沒想到會變成這樣。」秦伯傑搭著我的肩膊：「小子，真有你的！」

「你隊的人呢？」金大水問：「管理局那邊怎樣說？」

「雄基傷得比較重，不過已經完成任務，他們先回去了。」秦伯傑說：「管理局已經知道發生了什麼事，我就是來看看現在的情況。」

秦伯傑問過生物部的弗洛拉，她說因為時空旅行會影響懷孕，胎兒會快速長大，所以不到幾天艾爾莎就生產了。

「弗洛拉還說不用怕，艾爾莎的身體也會因應胎兒長大而調節。」秦伯傑說：「就好像一個正常的孕婦，不會有生命危險的。」

知道了艾爾莎沒大問題，大家也放下了心頭大石。

「時空，你快要做爸爸了！」雪露絲笑說。

「我……」

我也不知道怎樣回答她，只是幾天時間，我就成為了爸爸！

「你！」竹志青走到我面前：「一定要好好對艾爾莎！你要成為一個好父親！」

我知道這次他不是想找我吵架，他是真心的。

我點頭回答他。

「這次隱時空你真的把事情鬧大了。」秦伯傑說：「管理局高層等你回去後，立即會找你。」

「之後的事再說吧，現在希望艾爾莎安全生下孩子。」金大水鼓勵我：「我們時代的出生率很低，現在應該是高興才對。」

「不能高興得太早，因為……」

秦伯傑說出了另一件事。

我們全部人的表情都由快樂變成痛苦。

「真的是……這樣嗎？」我問。

「弗洛拉不會騙我們的，而且也不需要去證實，這樣對孩子也不好。」秦伯傑說。

聽完他說以後，本來我複雜的心情更加的複雜。

我蹲在地上，雙手插入髮根，表情非常無助。

不久，我們聽到了……嬰兒的哭聲。

在房間外的全部人，臉上再次掛上笑容。

在同一天，一個梟雄死去，同時，一個新生命誕生。

我跟艾爾莎的孩子……出生了。

一個笑著離開，而另一個人卻……哭著到來了。

《無論時空有多遠，人的一生也很短。》

CHAPTER00012 - 有些事是無可奈何 | HELPLESS 08

歸蝶的房間內。

秦伯傑已經把事情告訴了艾爾莎，艾爾莎身體還虛弱，不過她手抱孩子，臉上露出了笑容。

他是一個男孩，非常健康，手舞足蹈可愛極了。

「時空，他是……我們的孩子。」艾爾莎笑說。

「對。」我看著嬰兒笑說：「他真像我！」

「傻瓜，每個剛出生的孩子都是一樣樣的！怎會看到像你？」艾爾莎說。

「好吧，我們先出去了。」金大水說：「你們打情罵俏我受不了，哈！」

我們微笑。

金大水給我一個眼神，我明白他的意思，最後，還是由我親口跟艾爾莎說。

「沒想到……幾天後我們就做了爸爸媽媽。」艾爾莎說。

「對，我也覺得很神奇！」我抱著艾爾莎在懷內：「現在是三口子，真溫馨呢。」

「希望他長大後會變成一個有用的人。」艾爾莎想了一想：「希望像他爸爸，嘻！」

「像我就大件事了！」我摸著孩子的臉：「不要像我，要做一個獨當一面的男人。」

「我們給寶寶想個名字吧。」她說。

「這樣……」我想了一想：「不如就叫……橋太郎吧！」

「好啊！橋太郎！太郎太郎很可愛的！」艾爾莎高興地說。

「在這時代成長，用個日本名也不錯！」我說。

「在這時代成長？什麼意思？」艾爾莎看著我：「我們……我們不帶他回去？」

我眼神悲傷，看著艾爾莎沒有說話。

「為什麼……」

然後，我說出了弗洛拉的話。

因為嬰兒身體太弱，不可能像我們一樣穿越時空，我們不能冒險把他帶走，不然可能會死亡，甚至……粉身碎骨。

即是說……

我們要把他留在這個時空。

把橋太郎留在日本的戰國時代。

艾爾莎的眼淚，已經不禁流下來。

才剛剛辛苦地把孩子生下來，立即告訴她不能陪伴自己的孩子成長，不能親手教育他、照顧他……很痛苦。

「時空……真的沒其他辦法？」艾爾莎在我的胸脯哭著。

「這已經是最好的辦法。」我強忍著淚光：「是對橋太郎最好的方法。」

幾天之內我們就成為了父母，在生下自己孩子的同一天，知道不能親手養育他成長，那份感覺真的很難受。

非常的痛苦。

我們三口子，在房間內擁抱在一起。

我很想時間可以停留在此，不要讓我重視的人與事離開。

我們一起看著入睡的橋太郎，艾爾莎抹去臉上的淚水，堅強地說：「我們……就把橋太郎交給歸蝶吧。」

「好，這樣至少他在這時代不愁吃喝。」

之後我們跟歸蝶說，希望她能照顧橋太郎，讓他長大成人。

而艾爾莎也知道這是讓橋太郎生存下去的唯一方法，她絕對不想冒險把橋太郎帶回去。

「橋太郎……」

我捉住他的小手，艾爾莎也把手疊在我的手背上。

「爸爸媽媽會在另一個時空，一直……守護著你。」

我終於真真正正明白……

信長所說的「有些事是無可奈何」……
是一個怎樣的感覺。

《重要的時刻，痛苦的選擇。》

CHAPTER00012 - 有些事是無可奈何 HELPLESS 09

一星期後。

「時空管理局」讓我跟艾爾莎在日本多留一星期，今天是回去的日子。

同時代表了，我們要跟橋太郎告別。

橋太郎出生的那天，歸蝶已經知道信長的死訊，同時，也知道明智光秀背叛了信長。

我曾跟她聊過，本來歸蝶也非常痛苦，因為她知道事件很大可能是因為她而起，不過，她沒有怪責光秀，同時，她也對信長的死感覺到痛苦。

本來她想出家，遠離俗世繁囂，現在橋太郎的出現，讓她的生命出現了新的希望與意義。

她決定帶橋太郎避開戰火，安定生活。

歸蝶一直也沒有多問我們為什麼要留下橋太郎，她是一個非常明白事理的人。

或者，這就是信長與光秀，也真心喜歡這位溫柔女子的原因。

城門前。

艾爾莎把橋太郎交到歸蝶的手上，我們看著微笑的橋太郎，眼神流露著依依不捨。

「你要乖乖，聽歸蝶姐姐的話，知道嗎？」

艾爾莎撫摸著他的臉。

「呀……」橋太郎在牙牙學語。

「我看他愈來愈似我了。」我看著他笑說。

「我覺得是比較似我。」艾爾莎說：「皮膚也很滑。」

「好吧好吧，像妳也比較英俊呢。」我說：「橋太郎你要健康成長，知道嗎？」

「你們會回來探望他嗎？」歸蝶問。

我跟艾爾莎對望了一眼。

「會的，如果有時間我們會來找你跟橋太郎。」我笑說。

「那太好了！」

其實我在說謊，管理局不會再讓我們回到「漏洞」已經修復好的時空，我跟艾爾莎只能在未來的世界，看到橋太郎的成長與經歷。

「你們一路順風。」歸蝶說。

「再見了。」

艾爾莎看著橋太郎最後一眼，微笑說：「再見了，我的……橋太郎。」

跟自己的親生孩子說道別，是一件憂傷的事，不過，我跟艾爾莎已經決定了……

微笑著離開。

讓橋太郎感受到，我們不能帶走他只是無可奈何，心中卻是多麼的愛他。

他是多麼的重要。

我們離開了城門，牽著手一起在藍天下走，陽光不太猛烈，微風打在我們的臉，這是我來到戰國時代以來，最舒服的時刻。

「無論回去要接受什麼處分，我也跟你……」艾爾莎說：「同甘共苦。」

「我也一樣。」

我們對望，微笑了。

艾爾莎已經成為了我人生中最重要的人，沒有人可以取代。

我們來到了不遠處的一片森林。

「是時候回去了。」我說。

「好！」她點頭。

我們雙手牽著對方。

再見了，日本戰國時代、織田信長，還有……橋太郎。

這次日本戰國時代的任務……

真真正正完結了。

……

……

……

「*織田信長，S級任務，完成」。

《就算幾經波折，最後也需道別。》

*織田信長，生於天文三年（1534年），天正十年（1582年）逝世，享年48歲。

CHAPTER00012 - 有些事是無可奈何 HELPLESS 10

4023年，時空管理局。

我再次被監禁，已經過了七天，而且沒法見艾爾莎。

「媽的，又說我是什麼『神選之人』，現在又被困在這裡。」我看著白茫茫的天花板。

「也沒辦法，你的確是做了一些很過份的事。」變成水杯的基多圖說。

「有什麼過份？我又不是拋妻棄子？」我看著它：「我會對艾爾莎負責任的。」

「在你的時代的確是這樣，不過在現在的時代……」

基多圖還未說完，它停頓了下來。

「怎樣了？」我問。

「有人要來了，不能讓她知道我的存在。」

「誰？」

不到兩秒，弗洛拉出現在房間內。

「我的新晉父親，你好嗎？」弗洛拉風騷地說。

「艾爾莎怎樣了？」這是我第一個想問的問題。

「放心，我已經替她做了身體檢查，沒有大問題，一切正常。」弗洛拉說：「你已經大難臨頭了，還關心別人？」

「怕什麼？我只是爛命一條，就算要死我也不怕。」我說。

「你知道自己做錯了什麼嗎？」弗洛拉問。

「大概知道吧，就是讓艾爾莎懷孕。」

「不，這不是你最大的問題。」

「那是什麼？」

弗洛拉放出了一個立體畫面，畫面中出現了一個跟我年紀差不多的男人……

「他是誰？好像……好像在哪裡見過……」

「你明明說他很似你的，呵呵！」

「很似我……？」我想了一想：「不會吧？！他是……」

此時，艾爾莎也來到房間！

「時空！」

「艾爾莎！」

我們立即擁抱在一起。

「他……他是……」艾爾莎指著立體影像：「他是我們的兒子！橋太郎！」

怪不得我覺得在哪裡見過他，因為他就是橋太郎！他就像我！

「他在那個時空怎樣了？」我緊張地問：「有沒有成為一個有用的人？」

「弗洛拉妳說讓我們見面，跟我們說橋太郎的事！」艾爾莎說。

我們一起看著弗洛拉。

「呵！你們這對父母真的很溫馨呢。」弗洛拉笑說：「橋太郎的一生也過得很平凡，沒有什麼大起大落，每天都在田裡工作，他活過了戰國時代，在江戶時代死去，享壽七十三歲，雖然他的一生都生活得很艱苦，但他很快樂，是笑著離開的。」

聽到弗洛拉這樣說，我的眼眶已泛起了淚光。

「歸蝶在他成年後，告訴橋太郎自己不是他的生母，而且她還告知他，你們才是他的真正父母。」弗洛拉說。

「橋太郎……有痛恨我們嗎？」艾爾莎緊張地問。

弗洛拉沒有回答，她播放著一段影片。

在一條農村的小屋內，畫面是橋太郎與他的妻子，還有剛剛誕下的孩子。

「橋太郎，現在我們也成為父母了。」妻子說。

「哈！對！」橋太郎高興地說。

妻子溫柔地摸著自己的孩子，就如艾爾莎當時撫摸著橋太郎一樣。

「其實，你有沒有怪責你的親生父母？」妻子問。

橋太郎微笑地看著他的孩子：「沒有。」

「但他們當時拋棄了你……」

「我知道他們一定有自己的苦衷，我沒有怪責他們。」橋太郎看著在傻笑的孩子：「希望他們在另一個地方，生活可以過得好，跟我們一樣幸福快樂！」

聽到橋太郎的說話，我們沒法控制淚水，艾爾莎已經哭成淚人。

他……選擇了寬恕。

橋太郎一生都過得很平凡，不過，他卻比我更懂事，成為了一個比我更好的男人。

比我更偉大的男人。

「雖然他的一生沒有什麼豐功偉績，卻成為了改變全日本命運的男人。」弗洛拉說：「這才是你們做錯被監禁的原因。」

「什麼意思？」我問。

「5A，妳記得第一次跟歸蝶見面時，說自己叫什麼名字嗎？」弗洛拉問。

「是……是坂本小姐。」艾爾莎抹去淚水說。

「對，而歸蝶一直也用上妳這個姓氏稱呼他。」弗洛拉說：「他的全名叫……坂本橋太郎。」

「坂本……橋太郎？」我在思考著她的說話。

「坂本橋太郎一生平凡，卻是一個對於日本來說，非常重要的人的一位祖先。」弗洛拉說。

「不……不會吧……」我已經想到一個名字。

「橋太郎是一位扭轉日本命運的英雄的祖先。」弗洛拉說：「即是說，你們就是這位偉人的祖祖先了。」

「那個人是誰？」艾爾莎問。

我沒等弗洛拉說，已經說出他的名字……

……

……

「*坂本龍馬」。

定下了「船中八策」，策動「大政奉還」，一個結束武士統治時代的男人！

坂本龍馬用他的雙手，開創了日本新的未來！

「更正確來說，你們改變了『奇異點』的結算，其他時空都有坂本龍馬的出現，不過，卻跟那個時空的坂本龍馬不同，他是你們的……子孫。」弗洛拉解釋。

誰也不會想到，坂本龍馬就是我們的子孫！

世事真有趣呢。

我看著艾爾莎，我們在淚眼中……微笑了。

《他們最初的緣份，就是最後的原因。》

*坂本龍馬，生於天保六年（1836年），慶應三年（1867年）逝世，享年31歲。

CHAPTER00013
創造者
CREATOR

CHAPTER00013 - 創造者 CREATOR 01

3049年12月31日11時55分。

還有五分鐘，全宇宙將會進入四百五十年的……「空白期」。

因為人類的戰爭，地球已經沒有任何生物存在。人類來到太空生活，但並不知道，再過五分鐘，整個宇宙都會進入「空白期」，沒有時間、沒有歷史、沒有故事。

兩個被人類稱為「外星人」的物種，來到了已經荒廢的地球。

位置在乾涸的香港維多利亞港的中心。

他們就是歷史記載的「創造者」。

兩個被人類稱為「神」的人。

他們擁有人類的外表、五官與體格，如果不是皮膚的顏色，他們根本就是地球的人類。

等等……「創造者」不是已經把身體分解嗎？分解後才會有現在的宇宙。

對，最原先的「創造者」的確已經沒法回來，不過，「創造者」是有……三位。

一百三十八億年以來，另外的兩位「創造者」一直也沒有干涉過宇宙發展，直至現在，其中一方決定改變主意。

兩個「創造者」分別是皮膚金色，男性外表的法拉德；另一位是透明的，女性外表的姬露絲。

法拉德想製造出一個「新宇宙」，而姬露絲否決。

為什麼法拉德要改變已經存在一百三十八億年的宇宙？

因為宇宙的發展已經超出了第一位「創造者」的預期。本來，時空的劇本只有「一個」，不過，就因為不同的選擇與變化，變成了無限個不同時空。

由一變出無限，法拉德想改正這個情況，想由無限變回一。

這樣代表了，法拉德想把「劇本」修改為只依照一個方向進行，世界上不再有「自由意志」，也不會有平行時空。

祂們把宇宙運作的時間停止，空出了四百五十年去討論改變宇宙的事宜。

而有一個非常重要的問題，如果要改變整個宇宙，就要其中一位「創造者」把身體分解成「創世粒子」，祂們不想成為被分解的一位。

最後法拉德與姬露絲決定了，以「遊戲」的方法，定出是否製造出一個「新宇宙」，以及誰被分解。

祂們以「神選之人」與「暗」的對決，去分出勝負。

代表姬露絲，不想改變的，就是「神選之人」，隱時空。

代表法拉德，想改變的，就是「暗」，暗宇宙。

祂們就像下棋一樣，互相設定兩個人的背景、故事、時間與能力等等條件。

姬露絲選擇了其中一個時空的隱時空，讓他在自己的2023年時空，來到4023年的時空，觸發事件；而法拉德創造了暗宇宙這個角色，同時，讓他了解自己的「任務」。

很不公平嗎？

當然，姬露絲不笨，祂賜予隱時空可以復活一次的能力，所以他在德國被殺時，沒有死去，不過，卻會出現心臟痛楚後遺症。

還有，暗宇宙不能直接殺死隱時空，暗宇宙要遵守規定，要在隱時空執行任務期間，利用其他方法把他殺死。

而暗宇宙可以自由穿越不同的時空，擁有產生「死生物」的能力。

祂們也討論過，大家也不能插手事情的任何發展。

雙方決定好後，3500年的1月1日就是「空白期」過後的元年，當然，全宇宙的生物並不知道。

所以在這四百五十年間的歷史，根本就沒有被「封印」，只是被「停止」，讓祂們去部署整個遊戲。

他們給予「時空管理局」去管理時空，直至4023年，「神選之人」與「暗」的遊戲，正式開始。

本來，第一位「創造者」的未來劇本已經寫到二百億年，不過，現在卻完全改變了，由隱時空在4023年出現那天開始，再沒有「固定」劇本。

「時空管理局」認知到自己的時空就是「時間盡頭」，這種說法對於他們來說其實沒有錯，因為時空已經變成了……

未知的未來。

未知結果的遊戲。

如果，「時空管理局」是一本小說的故事，姬露絲與法拉德，就是整個宇宙的……

「**作者**」。

《任何事物都是相對的，都是零和遊戲。》

CHAPTER00013 - 創造者 CREATOR 02

4023年，時空管理局。

我又又再次被……無罪釋放了。

當然，艾爾莎也同時被釋放。

聽說是司令羅得里克的安排，他們說司令最近性情大變，做事也不按常理，這次釋放我，都是他的意思。

被釋放後，第一件要做的事，是參加在這時空中的……葬禮。

第一小隊的雄基，因為在戰國時空中受了重傷，最後也不治身亡。

雖然我沒有真正跟他合作，但他也是跟我們一起執行任務時死去，我心中總是不好過。

「時空，我們出發了。」艾爾莎說。

「好。」

葬禮在白色的教堂中舉行，對於他們這時代的人來說，用宗教去舉行葬禮已經是很舊的儀式，不過這是雄基的意願。

秦伯傑在台上讀出雄基的生平事蹟，大家也安靜地聆聽，在一旁還播放著雄基的立體影像，原來，他也是一個搞笑高手。

在場的氣氛不算太傷感，反而有一份溫馨的感覺。

我看著教堂內的巨型十字架：「基多圖，其實耶穌基督被釘十字架的歷史是不是真的？」

然後，它給出一個我意想不到的答案。

「耶穌基督是誰？我沒有資料。」

「什麼？神之子耶穌啊！我們的公元日期都是由他而來，你怎會不知道？」我問。

「真的，沒有耶穌基督這個人存在，也沒有什麼被釘十字架的故事。」基多圖說。

「怎會？」

然後我問艾爾莎知不知道誰是耶穌。

「耶穌是什麼人？是廚師來的嗎？」

我呆了一樣的看著她。

葬禮完結後，我問其他人，沒有一個人知道耶穌的存在。

為什麼會這樣……

4023年的人類，沒有人知道耶穌基督的存在？！

「在小說*《別相信記憶》中，的確有寫過耶穌死後，三日後復活的故事。」科技部主管亞伯拉罕說：「不過，那只是小說的橋段，不是真實的歷史。」

「《聖經》呢？從前的歷史不可能沒記載《聖經》吧？」我問。

「當然有，《聖經》是天主教、基督教等宗教的重要經典書籍。」

「那怎會沒記載耶穌的事蹟？五餅二魚？治療失明的人？還有耶穌選定的十二門徒呢？」

「十二門徒？他們是自己組成的一個組織，根本沒有耶穌這個人。」亞伯拉罕說：「而《聖經》只是一本小說呢。」

亞伯拉罕給我看《聖經》的內容，還有歷史記載，通通，都沒有記載耶穌這個人！

怎會這樣的？在未來世界，耶穌基督……失蹤了。

不，更正確來說，耶穌被硬生生在歷史中……**刪除了**。

在這個時代，只有我一個相信耶穌的存在，而他們卻當他是一個小說的虛構人物。

怎會這樣的？

耶穌的歷史，好像變成了……「**空白期**」。

「時空，你是不是看太多的電影、小說，把真正的歷史混淆了？」亞伯拉罕說。

此時，金大水走了過來：「司令羅得里克想見你。」

「為什麼要見我？」

「我也不知道，或者，就是跟你解釋為什麼要釋放你吧。」

真的是那麼簡單嗎？

《有哪些被刪除的歷史與人物？你根本不會知道。》

＊《別相信記憶》，孤泣另一系列作品，詳情請欣賞《別相信記憶》1至4部。

CHAPTER00013 - 創造者 CREATOR 03

晚上，我一個人來到了司令羅得里克的房間，我們見面的地點不是會議室，而是他的房間。

房間跟整艘太空船完全不同，昏暗的環境，就如來到另一個空間一樣。

羅得里克坐在客廳沙發上喝著紅酒，他給我的感覺跟我第一次見他時完全不同。

「來了嗎？坐。」他對我奸笑。

「哈哈！好。」我坐下來：「司令你找我有什麼事呢？」

「很重要的事。」羅得里克說：「先給你一個驚喜。」

在羅得里克後方的床上，出現了一個全裸的女人，她……她是……

阿凝！！！

「阿凝？！為什麼妳會在這裡？」我非常驚訝。

「我才不是你那個時空的凝秋香呢，在你本來的時空後十年，她已經死了。」她說：「現在就由我來代替她。」

「什麼……什麼意思？」我沒法冷靜下來。

的確，這個阿凝看似年紀比較大，不像我認識的她！

「我們……終於見面了。」

第三個人，他從我後方的耳邊說話：「如果我可以直接殺你就好了，可惜，我不能這樣做。」

我立即回頭看，一個擁有紅色瞳孔的男人就在我的身邊！

「隱時空，我就是你的『宿敵』，我叫……暗宇宙。」

發生了什麼事？我完全不懂現在的狀況，看著他們，我不斷後退！

「司令，究竟發生了什麼事？」我看著他。

他……他的頭開始扭曲變形，出現了無數的黑色蚯蚓！我在愛因斯坦的任務中已經見過這些蚯蚓！

那個假的阿凝的頭也變成了黑色蚯蚓！

他們是……敵人！

「為什麼……」

我正想問之時，那個叫暗宇宙的男人，快速走到我的面前，他的手掌放在我的額角上。

「不用問了，我把所有的事都告訴你！」暗宇宙好笑：「這樣才好玩！」

一股藍色的光從他的掌中發出！一秒？半秒？零點一秒？

我不知道有多快，我腦中出現了無數個畫面！

創造者、宇宙、時間、時空、空白期、暗宇宙、過去、現在、未來，還有我自己！！！

「怎樣了，我已經把所有事情告訴你了。」暗宇宙說。

原來……原來……我叫「神選之人」是這個原因！

我的任務，就是要贏出兩個「創造者」法拉德與姬露絲的遊戲！

在集中營被槍殺但沒有死去的原因，不是因為我的「未來」還沒有完結，而是我可以……

復活一次！

媽的……我是在打機嗎？！

「下一個任務，你將會死去，最後會由我代表的法拉德勝出。」暗宇宙說：「『新宇宙』會出現！」

我坐在地上，汗水滴在地板。

「為什麼……你會把所有事情告訴我……」

「本來為了公平，你擁有一次不死之身，而我知道遊戲的事。」暗宇宙說：「不過，這樣我覺得不夠好玩，當你也知道『真相』才更好玩，才會把所有事情都告訴你！」

「為什麼……你要把所有事情告訴我？」

沒聽錯，我重複再問他一次。

因為我知道他說的不是真正的答案！

「嘿嘿嘿……隱時空你真的很有趣呢。」暗宇宙笑說：「因為……我討厭你！非常討厭你！」

「討厭我？」

「對！你明明就是一個社會中最失敗的人，偏偏被選為『神選之人』！你明明就應該在任務中死去，偏偏大難不死！不斷破壞我部署的計劃！」

我想他所說的，就是梵高、信長最後也死去，愛因斯坦簽下了名字等事，世界沒有因為他的計畫而改變，同時，他也沒法殺我。

「我才不會再參加這個白痴的遊戲！」我憤怒地說：「你叫什麼『創造者』出來！我要跟他們說清楚！」

「沒用的，法拉德與姬露絲是不會出現的。」

然後暗宇宙在我面前，放出了數個藍色光包圍的畫面。

「我不能直接殺你，不過……」

畫面中，出現了……阿凝、艾爾莎，還有金大水他們的影像！

「我可以對付你身邊重視的人呢。」

《有些事，不知道真相比知道真相更好。》

「你別要亂來！」我大叫。

「最後一個任務。」暗宇宙說：「我們分出勝負的任務。」

我沒有回答他，因為暗宇宙可以去到任何的時空，他會對阿凝與艾爾莎她們不利！

我要冷靜下來，冷靜！

「這是一個SS級的任務。」暗宇宙打開了桌上的盒子：「一直以來，只有司令級的人知道這個任務，從來也沒有一位司令官，委任行動部執行的任務！」

「是……是什麼任務？」

「沒有戰爭，卻比戰爭更可怕。」暗宇宙把目標人物告訴我。

我瞪大雙眼。

「明天出發，給你七天時間完成任務。」暗宇宙說：「在這七天，4023年的時空會被封鎖，我的寶貝『死生物』會大肆破壞這艘人類太空船。如果在指定日子，你沒法完成任務又或是死去，遊戲結束，同時在2023年的凝秋香也會痛苦地死去！」

他播出了2033年的時空，他殘酷地殺死凝秋香、周隆生，還有他們的兒子的畫面！

「你別要亂來！」我大叫：「我接受你的挑戰！」

「我會以羅得里克司令的身份，委派你執行任務。」暗宇宙看著身後的假司令：「我要你完成這個SS級的任務。」

我用憤怒的眼神看著他。

「怎樣了？不滿我的安排？」他諷刺我：「別要以為完成幾個任務就很得意，你只不過是一個沒有用的廢物！」

我搖搖頭，微笑說。

「不，我不是不滿，而是想跟你說……」我抽起他的衣領：「現在，你殺不了我這個廢物，會不會是比我更廢呢？」

暗宇宙收起了笑容。

「還有還有……」

我快速拔出一把短刀，在他身邊的「死生物」立即作出反應！黑色的觸鬚繞著我的手臂！

「你不能直接殺我，我、卻、可、以！」我的眼神充滿了怒火：「別以為你掌握一切，你跟我其實也只是宇宙中一粒微塵！」

黑色的觸鬚放開我的手。

「我最討厭你這種人，嘿。」暗宇宙笑得邪惡：「來吧，我們的決戰明天正式開始！」

我頭也不回，離開了羅得里克的房間。

「基多圖！」

「是！」

「你聽到了嗎？」

「我的系統現在一片混亂！全都是我從來沒聽過的事！」它說：「我要喝杯咖啡，要點時間分析。」

「喝什麼咖啡？又想扮人嗎？不，你一點都不像人，嘿。」我笑說：「別要浪費時間，我有事要你幫我！」

暗宇宙不知道基多圖的存在，因為「現在」的時空沒法預測，他不知道我們救回了本來的基多圖。

這樣，我就更加有勝算！

我看著太空船外的地球。

「姬露絲，妳聽到我的說話嗎？」我知道她正在聽著：「我想跟你們說……他媽的去食屎吧！我才不是為了你們而繼續遊戲！」

「你這樣跟『創造者』說話，真的好嗎？」基多圖問。

我給它一個「收口」的手勢。

「法拉德、姬露絲！我才不理會你們哪個要被分解，也不想知道為什麼要再重製一個新的宇宙。」

我認真地看著太空：「我他媽的一點都不在乎！我最在乎的，是我身邊重視的人！」

然後我向著太空舉起了中指。

我這樣說話，這樣做，是對「神」不敬嗎？是愚蠢的行為？

不，就因為我是人類……

我就是愚蠢、自私、自大，同時充滿著愛的……**人類！**

……

：

．

祂……笑了。

《矛盾的是，人類是最聰明又最愚蠢的物種。》

CHAPTER00013 - 創造者 CREATOR 05

機械工程部。

科技部亞伯拉罕、生物部弗洛拉、行動部吉羅德，還有機械工程部馬里奧斯，他們齊集在這裡。

時間無多，我告訴他們有關暗宇宙、兩個「創造者」法拉德與姬露絲的事。

他們完全不敢相信。

「你意思是羅得里克司令已經不存在？而是變成那個暗宇宙控制的『死生物』？」馬里奧斯說。

「對，就是這樣。」我說。

「怪不得了。」亞伯拉罕說：「我們這個時空在數小時前，已經跟其他的無限時空分隔了，沒有了支援。」

亞伯拉罕還說，我本身的時空，還有阿凝被殺的時空，也出現了未知的未來，世界被改變了。

「你早前說的潛伏奸細，根本就不存在。」我跟亞伯拉罕說：「所有事都是因為法拉德和姬露絲，才會導致現在情況發生。」

還有包括我不能回到2023年、香港出現「異聞帶」等等事情，都是一場「安排」。

「如果你說的是真的，所有事情都變得合理了。」亞伯拉罕在思考：「你的出現，時空的混亂，通通都是『創造者』的計劃，而不是『時空管理局』出現了問題。」

「等等，我為什麼要相信你？」吉羅德問。

「我不需你相信我！」我認真地看著他：**「我只想你保護太空船上僅存的人類！」**

吉羅德看著我，他也沒想到我的說話會這麼強硬有力。

「弗洛拉，你早前有研究過『死生物』吧？」我看著她：「暗宇宙會利用它們來發動攻擊，妳要盡快找出有效殺死『死生物』的方法！」

「沒問題，我會跟團隊加快研究。」弗洛拉笑說。

「馬里奧斯，我有事要你幫助，就只有半天的時間準備。」我說。

「好的，你說什麼我也會幫忙！」他答應。

「亞伯拉罕，你集合所有的科技人員，如果被攻擊時，看看有沒有方法帶人類離開這個時空。」我拜託他：「還有，嘗試向其他星球發出請求。」

「好，我會盡快找出解決的方法！」亞伯拉罕說。

「長官。」我看著吉羅德：「明天開始，暗宇宙可能會發動攻擊，在這裡的人類安危……就拜託你了。」

吉羅德看著我。

他說：「我誓死保護我們人類。」

太好了，最頑固的他也相信我了！

「我可愛的『神選之人』啊，你變得愈來愈有魅力了！」弗洛拉說：「放心交給我們吧！」

才不是什麼魅力呢，只是當我知道所有事情的來龍去脈，讓我的思路更加清晰。

「對，吉羅德長官，我還有一個請求。」我問。

「請說。」

「我想讓艾爾莎跟我一起完成這次的任務！」我說。

「你說那個SS級的任務？」

「對！」我跟他鞠躬：「不是向身為長官的你而請求，我是向艾爾莎的爸爸請求！讓她跟我一起完成任務吧！」

吉羅德……笑了。

「她已經長大，而且也成為了別人的母親。」他說：「就由她自己決定吧。」

「謝謝你。」

我沒辦法兌現承諾，讓吉羅德向艾爾莎道歉，不過，吉羅德這樣說，就是對艾爾莎的一種「肯定」。

「時空，不過你那個SS級的任務，從來也沒有人知道它的內容。」馬里奧斯說：「而『那個人類』只是一個小說的虛構人物。」

「對，就如《水滸傳》的武松、《西遊記》的孫悟空、莎士比亞的《羅密歐與朱麗葉》等等。」亞伯拉罕說：「而『那個人』真的存在嗎？」

「你們知道聖誕節是紀念誰的？」我問。

「當然知道。」馬里奧斯說：「就是紀念聖誕老人的誕生。」

我苦笑了。

這次的任務，只有我一個人知道「真相」，只有我知道「他」真實的存在，而不是虛構人物。

那個SS級的任務，目標人物是……

《每一個人，都會在不知不覺間成長，包括你。》

CHAPTER0014
新約
NEW TESTAMENT

CHAPTER0014 - 新 約 NEW TESTAMENT 01

第二天早上。

「時空管理局」已經進入戒備狀態，司令羅得里克消失，也許正在準備破壞太空船的計劃。

議會已經通過了緊急法案，授權長官吉羅德執行保護人類的任務。

行動部的所有隊員都需要加入這次任務，除了我跟艾爾莎。

我已經告訴她我所知道的事。

機械工程部。

我從後抱著她。

「為什麼要我跟你一起去？」艾爾莎問：「是不是怕沒有我，你沒法完成任務？」

「不，我覺得妳在我的身邊，會比較安全。」我嗅著她的髮香。

「為什麼？」

「因為我會用盡方法保護妳。」我說。

她沒有回答我，只是抬起頭吻在我的臉頰上。

就在此時，馬里奧斯跟另一個人走向我們。

「要出發了！」那個人說。

我瞪大眼看著他……

「真的……可以這樣的嗎？」我用手摸著他的臉頰：「完全估不到！」

「當然！這些科技早就已經出現，只是在這時代被禁止使用而已。」馬里奧斯說。

「為什麼會是他的臉孔？」我指著「他」。

「是他自己選擇的，我只是回應他的需要！哈！」馬里奧斯看著他：「對吧，基多圖？」

「謝謝你，馬里奧斯。」

在我面前的是……基多圖！他擁有了人類的外表，而且根本就分不出他是人類，還是人工智能！

「時空，你摸夠了沒有？」他說。

「來，給我吻一下！」我吻在他的臉上：「皮膚有彈性，基本看不出是機械人！」

基多圖的外表是依照……哥哥的樣子複製而成！

是張國榮哥哥！

「基多圖你真的很靚仔啊！」又爾莎擁抱著他：「而且也很溫暖。」

「這是身體內置的恆溫感應系統，讓我擁有人類的正常體溫。」基多圖笑說。

出現了一個張國榮哥哥的招牌笑容。

「我太愛你了！」我高興地說。

「我是一隻無腳的雀仔……」基多圖扮著《阿飛正傳》的旭仔。

「不行，不像人類。」我說：「語氣還要瀟灑一點。」

「瀟灑嗎？好，我再演繹一次……」

「你們兩個……」艾爾莎走到我們身邊：「可以認真一點嗎？現在是危急關頭啊！」

「對不起。」基多圖說：「對，我已經依照你的說話，找尋所有關於『他』的公開歷史，卻沒法找到很多有關的資訊。」

「這樣不是很奇怪嗎？」我說：「很明顯是刻意隱藏了吧。」

「不過，我已經破解了一些被鎖起來的歷史內容。」基多圖說：「得到了有用的資料。」

「老實說，不是你昨晚跟我分享『他』的故事，我還以為是小說情節。」艾爾莎說。

「真的像電影、像小說一樣。」馬里奧斯點點頭和應。

「如果真的只是虛構故事，在我時代怎可能有三分一的人類相信？」我說。

我不是基督徒，不過，我總是覺得事出必有因。

「這本破解後得到的『小說』，我已經把內容記錄下來了。」基多圖面前出現了一本書籍的影像。

「這不是一本小說，在我的時代叫作……」我看著那本書：「《聖經》。」

這是真正人類擁有的《聖經》，而不是被刪改的《聖經》。

這次SS級任務的人物，就是他。

耶穌基督。

《神聖不可侵犯，為什麼大部分都是人？而不是神？》

CHAPTER0014 - 新約 NEW TESTAMENT 02

以我所知的故事，耶穌是由馬利亞所生。當時馬利亞懷有神的兒子，他就在馬槽中出世。

耶穌十二歲以後，就沒有任何記載。直至他三十歲，在故鄉加利利（Galilee）向世人傳道，還挑選了十二位門徒。

傳道三年後，他被當時的猶太宗教領袖以褻瀆罪名「自稱神的兒子基督」控告，然後就是世人都聽過的鞭刑與判處死刑，耶穌被釘在十字架上，三小時後斷氣身亡。

最後，耶穌在三天後從死裡復活，四十天後，天使把他接走，回到天國去。

門徒繼續向世人傳道，直至我的時代，世界上已經有三分一的人類，成為他的信徒。

「就算來到你們這個時代，也沒有一個人可以死後復活。」我說：「這麼多人成為他的信徒也很正常吧。」

他們三個人一起看著我。

「怎樣了？」我問。

「你不是唯一一個嗎？」基多圖說。

「啊？！」

我完全忘記了！我也是本來已經死去的人！

這樣說……我的死也是跟耶穌有關？

現在有很多問題，比如為什麼他們完全沒有耶穌的歷史記載？

《聖經》內容也被封鎖？

為什麼一直留下這個SS級的任務？

如果說耶穌是神的兒子，那個「神」難道就是第一位「創造者」？

而我也被稱為「神選之人」，同樣出生在一個很普通的家庭，難道我也是來到這個世界……為世人贖罪？

「時空。」基多圖把手疊在我的肩膊上：「我們三個一起努力找出答案吧。」

「對！一定可以打敗那個暗宇宙的！」艾爾莎牽著我的手。

「好！」我看著馬里奧斯說：「馬里奧斯謝謝你的幫忙，我們要出發了！」

「一路順風，我也要準備更多的武器。」他想了一想：「時空，這次我給你新的武器！」

「這次是什麼？又是間尺嗎？」

「才不是呢……」

然後，他拿出了一個……「指甲鉗」。

……

…

．

另一邊廂，管理局行動部。

吉羅德親自率領行動部的全體人員，由零隊至十三小隊，還有其他的人員，至少有數百人。

兩位隊長正在聊天。

「沒想到會變成這樣。」金大水說。

「也沒辦法，一切都是『創造者』的安排。」秦伯傑說：「我們也只好對抗命運了。」

「命運嗎？」金大水看著台上的吉羅德：「我們不也是一直對抗著命運？改變世界，讓世界不改變？」

他們互望笑了。

同一時間，吉羅德在台上發言。

「這次是十四個小隊的聯合任務，是有史以來的第一次！」吉羅德說話有力：「作戰計劃已經跟你們的隊長安排好，我不太懂說話，只有一件事想跟你們說！」

全場人也靜了下來。

「別、要、死、去！」

「別要死去！」台下的人全部跟著大叫。

全場哄動，士氣十足！

在4023年的戰役，蓄勢待發！

……

…

．

管理局生物部。

「弗洛拉，找到了。」年老的化學部主管說：「『死生物』也有弱點！」

弗洛拉立即看著報告，嘴角上揚。

這次是生物部與化學部的首次合作。

弗洛拉吻在化學部主管的額上，留下了一個紅色的唇印。

「原來是這樣，這樣我們才不怕那些『死生物』呢。」弗洛拉向全體的員工說：「立即製作！有多少資源就用上多少！」

「明白！」

弗洛拉看著「死生物」的立體構圖：「真的是可愛又有趣的生物呢。」

《只有唯一可能，就是對抗命運。》

CHAPTER0004 - 新約 NEW TESTAMENT 03

管理局科技部。

「已經安排好隱時空他們的時空轉移。」一個高級員工說。

「很好。」亞伯拉罕問：「還沒法跟其他時空送出救援訊息？」

「還未可以啊。」陰陽怪氣的時間部主管：「而且也只有隱時空的任務，才可以進行時空旅行，呵呵！」

「亞伯拉罕！」四眼的物理部主管出現在他們眼前：「偵測器發現，宇宙中的創世粒子有所變化，現在正跟其他星球的生物聯絡，了解詳情與請求救援。」

「的確，要跟他們說出現在的情況。」亞伯拉罕說。

他看著前方無數的螢光幕，不同的星球。

「『創造者』，難道祢想把祢們創造的宇宙，一手破壞嗎？」

……

…

・

管理局機械工程部。

時空他們三人離開後，馬里奧斯立即著手自己的工作。

全太空船的八成人工智能機械人都來了幫忙。

「馬里奧斯長官，已經準備好了。」一個餐廳機械人說：「裝備很快會送到行動部，還有機械人也武裝準備好了，可以派上戰場。」

「很好。」馬里奧斯看著前方的巨型機械人。

巨型元祖高達。

「看來你要跟我一起出動了，阿寶。」

……

…

．

隱時空離開後的十二小時。

很平靜。

太空船上從來沒有這麼平靜過。

所有部門都已經準備就緒，但敵人還未出現，就如暴風雨前夕一樣平靜。

放置著「意識人」的地區，竹志青和雪露絲，還有一些士兵，被安排在這裡保護透明圓形球體內，正在沉睡的人類。

「媽的，還沒出現嗎？」竹志青把一件新型的武器托在肩膊上。

「不知道時空他們現在如何？」雪露絲看著一望無際的球體。

「沒事的，那個土佬比任何人都大命，他有能力的。」竹志青說：「艾爾莎也很厲害，還有基多圖。」

「啊？你竟然讚賞時空？」雪露絲笑說：「看來你對他已經完全改觀了！」

「才沒有！」竹志青跳到更高的地方：「我才沒有對他改觀，只是覺得如果他最後死去，這個世界，甚至宇宙，可能就要完了。」

他們兩人一起看著前方還在美夢中沉睡的人類。

沒有任何一個人想從美夢中醒來，同時，也沒有一個人想就這樣結束整個人類、整個宇宙的未來。

突然！

「轟！」

在遠處出現了巨大的爆炸聲，煙霧隨之飄起！

「發……發生了什麼事？！」

……

…

‧

公元前4年，以色列伯利恆。

馬槽的馬廄內。

「很痛！他快要出生了！」女人發出了十級陣痛的叫聲。

「怎……怎麼辦？我現在要怎樣做？」男人非常緊張。

他們就是耶穌的父母，約瑟與馬利亞。

因為旅店沒有房間，而且房東知道馬利亞快要生產，更加不想讓他們入住，約瑟只好帶著懷孕的馬利亞來到了又臭又骯髒的馬槽生產。

不過，這位新手爸爸完全不知道怎樣做，聽到馬利亞痛苦的叫聲，他人也慌了。

如果馬利亞難產，耶穌胎死腹中，這時空的歷史將會完全改變！

就在此時，三個人出現在馬槽之內！

根據《聖經》中〈馬太福音〉記載，有幾位來自東方的賢士，看見伯利恆天空出現一顆大星，他們便來到了耶穌基督出生的地方。

「你們是……」約瑟看到他們非常驚訝。

「你別要緊張！你緊張她就會更加的緊張！」其中一個身穿寬身大袍的女生說：「知道嗎？」

「是……是！」約瑟知道他們是來幫忙的。

「別要怕，生孩子我有經驗！」她溫柔地對著馬利亞說：「孩子一定會平安出世。」

馬利亞跟她點頭，她捉緊馬利亞的手。

這三個人，就是〈馬太福音〉記載的「東方三賢士」（Three Wise Men）。

沒錯，他們就是……隱時空、艾爾莎與基多圖！

《那邊大戰一觸即發，這邊牛命平靜出生。》

CHAPTER0014 -|新約|NEW TESTAMENT 04

基多圖眼睛射出了x光，x光照到馬利亞的肚子上。

「沒問題，嬰兒很健康，他搶著出生了，哈哈。」基多圖笑說。

隱時空按著手腕說：「防菌保護網已經張開！」

「很好！」艾爾莎走到馬利亞的雙腳之間，用一個金幣大小的輔助器放在她的肚上。

馬利亞還在痛苦地大叫，輔助器發出了藍光，開始幫助馬利亞分娩。

「吸氣然後呼氣，不斷重複，要把嬰兒推出來！」艾爾莎大叫。

約瑟看著他們也呆了；歷史記載這三位賢士是占星師、法師、術士之類的，對於約瑟來說，他不知道什麼是科技，他看到的這些就像是「法術」！

幾經辛苦，嬰兒的哭聲出現！

代表了生命開始的哭聲！

耶穌順利出世！

「耶仔，你終於順利出世了！」時空笑說。

艾爾莎把剛出生的耶穌交到馬利亞手上，她流下眼淚。

她把「神的兒子」生下來了。

「謝謝……謝謝你們。」馬利亞說。

「你的孩子，將會成為世界上最重要的人。」艾爾莎摸著嬰兒，他立即停止哭泣。

「你們怎知道馬利亞會在馬槽分娩？」約瑟問：「難道……」

「是天象！」基多圖指著天空微笑：「我們是很厲害的占星師。」

隱時空看著他生硬的表情很想笑，基多圖根本不懂說謊。

「不過，現在也不能高興得太早，因為你們將會有危險。」時空看著耶穌。

「為什麼？」馬利亞問。

「因為被稱為『猶太人之王』的他，會被國王妒忌，惹來殺身之禍。」基多圖說。

約瑟與馬利亞對望了一眼，好像已經知道我們的意思。

「聽我說。」我把手搭在約瑟的肩膀：「你們要逃到埃及，希律王才不會找到你們，我的朋友會帶你們離開。」

「包在我身上！」基多圖的臉上出現張國榮的招牌自信笑容。

「那你們呢？」約瑟問。

「我們還有重要的事要做。」隱時空再次看著嬰兒耶穌：「非常重要的事。」

時空和艾爾莎跟他們道別以後，離開了馬槽。

「不知道隊長他們那邊現在怎樣了？」艾爾莎看著星空。

來到這個時空後，他們沒法跟管理局聯絡，所以不知道他們的情況。

「沒事的，現在我們有更重要的事要做。」時空說。

艾爾莎點頭。

本來，他們讓耶穌順利出生已經修復了第一階段的任務「漏洞」，不過，他們三人決定分兵兩路，讓基多圖護送耶穌一家離開伯利恆，而他們繼續留下來。

有什麼事比耶穌更重要？

因為那個殘暴的希律王，得知道耶穌出生後，試圖殺害耶穌。

因為耶穌被基多圖帶走，希律王找不到他，就下令……

把城中兩歲以下的小孩全部殺死！

時空二人希望留下來幫助這些兒童，救得一個得一個！

耶穌的性命非常重要，不過，其他孩子的生命同樣重要。

「艾爾莎，我們走吧！」

「好！」

他們二人在月色之下，披著長袍，像忍者一樣在屋頂上飛跳。

或者在這一刻，這一對小情侶，才是世人的……救世主。

《請別要看小自己，無分貴賤是真理。》

CHAPTER00014 - 新 約 NEW TESTAMENT 05

殘酷的大屠殺。

人類究竟有多恐怖？人性究竟有多可怕？

如山一樣高的孩子屍體，堆滿在廣場上，士兵把手無寸鐵的孩子殺死，孩子的母親都在場邊痛哭，她們什麼也做不到。

希律王是一個恐怖的暴君，同時，執行任務的士兵也有罪，向士兵匯報孩子位置的人，同樣有罪。

一層又一層，所有人類都有罪。

我看著士兵把一把匕首插入孩子的腹中，艾爾莎很想走出去拯救他，我把她拉著。

「別要衝動！」

那個孩子的母親捉住士兵的腳，卻被士兵狠狠踢開。

我握緊拳頭，只能白白看著孩子流血死去。

「應該是這區的最後一個。」士兵兵長說：「我們到下一區！」

「遵命！」

「我們回去吧。」我跟艾爾莎說：「安頓好那些被我們救走的孩子。」

艾爾莎點頭。

我們用了幾天時間，至少拯救了伯利恆內半數的兩歲以下兒童，帶著他們及家人一起離開。

本來只有我們兩個人沒法救到這麼多兒童，但有其他市民幫助，才能完成。

有殘酷的暴君，同時，也存在有愛的人類。

我們在遠離耶路撒冷的山區，利用未來的科技建造了房屋與簡單設施，讓他們入住。

完成拯救任務後，因為不知道暗宇宙何時會出現，我們怕會危及這裡的人，我跟艾爾莎想在晚上悄悄地離開，不想讓他們發現。

當我們走出了帳篷……

「你們離開也不跟我們說一聲嗎？」一個老人家慈祥地說。

「你們怎知道……」

「你們都準備好行裝，不難想到吧？」一個女人說。

在帳篷外，有百多個不同的家庭，父母都牽著孩子的手，又或是抱住自己的小孩。

「在你們走前，我們想跟你說一聲謝謝。」女人說：「謝謝你救了我的孩子，救了我們一家人。」

女人說完後，又到另一個人走向我們。

「謝謝你們。」

「感激你們的幫助。」

「你是我們全家的救命恩人。」

他們開始一個接一個地走到我們的面前，向我們道謝，有些人雙手捉住我們的手，有些年齡比較大的孩子，可愛地跟我們微笑。

我們看著他們感激的眼神，艾爾莎也流下眼淚。

世界不應該是這樣的嗎？

互相幫助同時，懂得感恩。

聽到大家向我們道謝，我的人生中第一次真正感覺到……自己不是廢物。

原來……我也可以成為一個讓人感激的對象。

我對著他們微笑了。

……

…

・

4023年，時空管理局太空船內。

隱時空他們離開的第三天。

準備好迎戰的管理局，就算是全宇宙最強的外星人侵襲，他們也游刃有餘。

而且各個部門合作，無論是武器，還是科技，管理局甚至可以比任何時代的地球部隊更強大。

更何況他們的對手，就只是一個人？一個暗宇宙？

不，不只是一個人，還有他擁有的「死生物」。

現實的情況，並不像他們想像一樣。

太空船上的國立公園內。

「要求支援！重複！我們要求支援！」第一小隊的成員鬼背谷向其他隊伍說。

「我們也分身不暇，沒法……」

然後他聽到了痛苦的慘叫聲，訊號中斷。

「鬼背谷！現在我們怎辦？！」其他士兵問。

鬼背谷從大石後探頭看著前方，他的汗水滴在手上的武器之上。

在他的眼前看到的，是數之不盡的人群！

有一百人？一千人？

牠們全部都不再是人類，已經被「死生物」佔用了身體！牠們擁有自己的思想，而且跟正常人一樣懂得用武器！

「這次真的……大難臨頭了。」

《就算你沒有什麼擅長，也要成為別人感激的對象。》

「死生物」。

形態如黑色的蚯蚓，可以入侵人類的身體，因為「死生物」的DNA有90%以上和人類相同，牠們入侵後可以快速把人類身體據為己有，成為自己的寄生軀殼。

暗宇宙第一步的攻擊，不是管理局的其他部門，而是放置著「意識人」的地方，那些還在美夢中的人類，成為了「死生物」的「宿體」。

「意識人」佔了太空船一半人口，接近有二十五萬，如果所有的「意識人」都成為「死生物」的「宿體」，會是多可怕的事。

更重要的是……

……

…

.

「意識人」地區。

「雪露絲！開槍！快開槍！」竹志青大叫。

「但……他是……」

因為「意識人」也是人類，「死生物」會變成原本人類的樣貌，讓人難以出手。

「宿體」已經快速走向雪露絲，牠手上拿著鋒利的軍刀！

「砰！」

竹志青一槍打爆牠的頭顱，黑色的蚯蚓四散！

「聽著！牠們已經不是人類！不能心軟！」竹志青對著她說。

「知……知道！」雪露絲說。

「志青！你那邊情況怎樣？」金大水在腦海中說。

「我們要想辦法阻止『死生物』入侵『意識人』的身體！」竹志青說：「不然，就會愈來愈多敵人，現在人手不足，要求增援！」

「現在……我們沒法增派人手……」

「什麼？」

……

…

．

金大水和秦伯傑身處的行動總部。

「死生物」入侵「意識人」已經難應付，現在，牠們還入侵士兵與行動部的隊員，雖然隊員有豐富的作戰經驗，但「死生物」讀取了他們的意識，更難對付！

他們兩人跟一隊士兵，已經被「宿體」包圍！

「因為我們現在也……」金大水對竹志青說：「自身難保！」

……

…

．

生物總部。

「老頭，已經完成疫苗了嗎？」弗洛拉知道現在的戰況惡劣，她非常緊張。

「還欠最後一步的聚合測試結果！」化學部主管說。

「不用測試了！直接用吧！」弗洛拉說。

「不過……」

弗洛拉指著立體螢光幕，市內一片混亂，爭相走避：「再等下去，會死更多人！」

「好吧！」

弗洛拉想到用人造雨把疫苗灑向整個太空船所有地區，這樣「死生物」就算入侵人體，也沒法控制人類的意識。

「啊？看來你們也想到方法了。」

突然一個男人出現在生物總部，他是……暗宇宙！生物總部內的人全部看著他！

「護衛！」弗洛拉大叫。

就在同一時間……

暗宇宙已經來到了弗洛拉的面前！

他手上發出藍光的刀，已經插進她的腹部！

弗洛拉吐出鮮血！

「近看妳真的很美呢。」暗宇宙奸笑：「可惜，妳將會跟生物部的人……通通死在這裡！」

《因有惻隱之心，才會滿身傷痕。》

CHAPTER0004 新約 NEW TESTAMENT 07

公元8年。

完成公元前4年的任務後，第二個要修補的「漏洞」就在公元8年，當時的耶穌十二歲。

在歷史中，完全沒有耶穌十二到三十歲的記載，這十八年的時間，耶穌去了哪裡？學了什麼？根本沒有人知道，就像謎一樣。

有人說他幫助父母工作，成為了一個木匠，還照顧自己的弟妹；又有人說耶穌去了印度與西藏學佛。

歷史記載的不一定就是真實，有更多記載就像小說故事。有人會說某某只是在胡說八道，又有人會說他只是亂寫一通，根本不是事實。

圖書館找到的書籍就是真實？

網上找到的資料就是真實？

老師教授的歷史就是真實？

其實根本就沒有真正的答案，而且世界上有太多人喜歡過份解讀歷史，讓不為人知的事更像一個謎。

現在，就連4023年的人都不知道耶穌的存在，當時耶穌去了哪裡，根本沒有人知道。

除了……現在的我。

「還是沒法跟『時空管理局』聯絡。」基多圖說：「今天應該就是我們離開的第四天。」

「我們現在只有一件事要做，就是要完成這個任務，同時要小心暗宇宙的暗算。」我說。

「不過現在他還沒有出現。」艾爾莎說：「他究竟在想什麼？」

「我們不能大意。」我說：「最重要的是修補這個時空的『漏洞』。」

「問題是，這十八年間根本沒有記載耶穌的行蹤，我們又怎知道『漏洞』是什麼？」艾爾莎說。

的確如此。

我遠遠看著耶穌跟約瑟在大草原上學習木工，他看似只是一個很普通的年青人，沒有任何特別。

任務的內容指出這時間線出現「漏洞」，一定存在問題的，不會有錯。

此時，一個女孩走到耶穌的身邊，他們有說有笑的，非常快樂。

「這個女孩是誰？」我問。

「沒有資料。」基多圖說：「本來歷史就沒記載耶穌十二歲之後的事，而且我們的時代也被洗去了耶穌的歷史。」

我有看過《聖經》記載，耶穌身邊出現得最多的女人，是一個叫抹大拉馬利亞的妓女，不過，他們絕對不會在少年時認識。

「可能只是小時候認識的普遍朋友而已。」艾爾莎說：「就像歸蝶與光秀一樣。」

「也許是吧。」

我只想早點完成這次任務，看來我也太緊張了。

除了是暗宇宙的關係，我還想解開所有的謎團。

「我們先回去吧。」基多圖說：「我肚子餓了，想吃點東西。」

我搖搖頭笑說：「不像，不像人類，你騙誰？你根本就不需要吃東西。」

「又被看穿了，哈哈。」基多圖傻笑。

就在此時。

「時空！基多圖！你們看！」艾爾莎說。

我們再次把視線集中在耶穌的方向，本來正在聊天的耶穌和女孩……

突然消失了！

約瑟四處看，好像正在找耶穌他們！

「快去看看！」

我們立即走到約瑟的位置，約瑟看到我們……

「你們是……」約瑟非常驚訝：「是耶穌出生時幫忙接生的人！」

「對！」我非常緊張：「耶穌呢？他去了哪裡？」

「我也不知道，有個女孩走過來跟他聊天後，他們就消失了。」約瑟不以為意：「可能走去玩了。」

我們三人一起看著大草原……

不可能的，這麼快就可以離開我們的視線，他們究竟去了哪裡？！

「時空……」基多圖出現了一個驚慌的表情。

「怎樣了？發現了什麼？」艾爾莎問。

「我在腦內系統回看剛才的畫面……」基多圖搖頭：「才發現……」

我有不詳的預感。

「那個女孩……不是人類。」基多圖說：**「是人工智能！」**

「什麼？！」

他們的消失，是因為……瞬間轉移？！

《當愈來愈多人覺得是真實的，虛假都會變成真實。》

CHAPTER0014 - 新 約 NEW TESTAMENT 08

耶穌消失的第六天，他還沒有回來。

一間破舊的旅店房間內。

「耶穌從十二歲開始，不是幫助約瑟工作，也不是去了其他地方學佛，而是被一個人工智能女孩擄走。」基多圖說。

「嘿……黐線的，誰會相信？」我不禁苦笑。

「是暗宇宙所為？」艾爾莎問。

「我想未必是。」基多圖拿出了任務的路線圖：「路線圖說任務的第二階段已經完成，暗宇宙才不會這麼輕易讓我們完成任務。」

「太奇怪了……」艾爾莎說：「我們這次什麼也沒有做，已經修補了時空的『漏洞』，你們不覺得奇怪嗎？『奇異點』這樣就被修正了。」

「還是我們已經做了什麼，讓『漏洞』修補好？」我托著腮思考：「只是我們自己也不知道。」

「最大的問題是，為什麼在公元8年會出現一個人工智能？」基多圖說：「任務是不可能被入侵的。」

「怎麼沒可能？暗宇宙不也入侵了嗎？」艾爾莎說。

「基多圖，有沒有人工智能女孩的資料？」我問。

「沒有，不過從她的外表構造，皮膚、眼神、動作等，可以肯定……」基多圖說：「是比我更先進的人工智能。」

「怎可能……」

「等等……」我靈機一觸：「歷史記載，耶穌三十歲回來傳道，行了很多神跡，比如把水變酒、治療盲人、五餅二魚、復活死者等等，會不會是……」

「是科技！」艾爾莎搶著說：「未來的科技！」

「的確有這個可能，這個時代醫學落後，說一個人死去未必是完全死去，或者可以用未來的科技救回來，而不是復活死人！」基多圖說：「五餅二魚也只不過是把物件瞬間轉移過來！」

「如果這樣說……」

耶穌行的神跡，根本不是神跡，只是一些未來的科技！

如果我沒有推測錯誤，那個比基多圖更先進的人工智能女孩，把耶穌帶到了未來，耶穌學習了未來的科技，然後十八年後回來地球！

「媽的……」我搖搖頭：「太意想不到了吧？不可能吧？」

「不，是有可能的，我反而覺得你所說的更合邏輯。」基多圖說：「怎樣也比徒手變出無限的食物更合理。」

的確是如此，如果你說有人可以把水變成酒，我只會說你是黐線的，不過，當這件事在耶穌身上發生，大家又會覺得很合理，因為只是用「神跡」去包裝，人類就會相信。

其實要在這個時代把水變成酒根本就不可能，除非是利用了未來的科技，所以基多圖才會說我的說法合理。

「時空，你不覺得很像你嗎？」艾爾莎突然說。

「像我？」

「你從自己的時空消失了，來到了我們的時空，只是你還未像耶穌一樣，回去行使神跡！」

「的確是有點相似。」基多圖說：「而且你也被稱為『神選之人』。」

「不用再猜測了，而且沒時間。」我說：「我們向任務的下一個階段出發！」

這是任務的最後一個階段，暫時完全感覺不到為什麼是SS級的任務，不過，也許在最後階段，將會是最困難的部份。

而我們下一個「奇異點」就在……

公元33年。

耶穌為世人贖罪被釘上十字架的那一年！

《愛上一個人的經歷，就如神跡。》

CHAPTER0014 - 新約 NEW TESTAMENT 09

公元33年。

耶穌三十歲後突然再次出現，他開始四處傳道，因為施行神跡的關係，很多人也加入成為他的信徒。

其中包括了十二門徒，彼得、安得烈、雅各、約翰、腓力、多馬、巴多羅買、馬太、雅各、達太、西門、猶大。

在一千多年後，十五世紀文藝復興時代，*李安納度・達文西（Leonardo da Vinci）把十二門徒與耶穌的情景繪畫在米蘭天主教恩寵聖母教堂的食堂牆壁之上，成為了世上最出名的畫作……

《最後的晚餐》。

因為耶穌的勢力日漸壯大，大祭司決定要逮捕耶穌，排除異己，當時其中一位門徒猶大為了三十塊銀錢出賣了耶穌，耶穌最終被逮捕關押，等待審判。

其實，耶穌早前已經跟十二門徒說好自己會為世人贖罪而死去，並會在三天後復活，當時的門徒不相信，因為耶穌是神的兒子，他又怎可能會死？

耶穌早早已經知道自己將會死去，一早已經知道彼得會三次不認自己，他知道了未來所發生的事，跟「神跡」一樣，這不會是巧合，他一定是知道未來的事。

現在的情況，都按照我所知的歷史進行，耶穌將要死去，然後三天後復活，成為了世界八十億人類其中三分一人的信仰。

「漏洞」出現在哪裡？

究竟有什麼問題？

現在，只有一個方法可以知道答案。

囚禁耶穌的監牢內。

「你……終於來了嗎？」他說：「已經三十多年沒見了。」

知道答案的方法，就是我親自問耶穌。

他跟其他的歷史人物完全不同，因為他已經知道我的存在。

監牢內又臭又暗，耶穌坐在一角，月光打在他的臉上。他的臉孔我看得很清楚，他留著彎曲的長髮，樣子卻不像我在任何地方看過的耶穌肖像，他比繪畫與電影中更瘦，眼神充滿了無奈與痛苦。

「對，耶仔，我來了。」我坐在他身旁：「看來你已經知道我會來。」

「從我十二歲開始就知道了，一直等待這天的來臨，等待……你的來臨。」耶穌說。

「你當時是被那個人工智能擄走？」我問。

「不，是我自願離開的。」耶穌說：「就像你一樣，內心是自願加入行動部。」

「你好像已經知道所有的事，比我知道的更多。」我說。

「因為我去的時空，是比你……更遠的未來。」

我看著他，他對著我微笑。

「不是沒有更遠的未來嗎？」我問。

「以你的認知的確沒有，不過，這是一個計劃。」他說：「**上帝的計劃。**」

「上帝的計劃？」

「你知道那個人工智能女孩叫什麼名字？」耶穌說。

我搖頭，等待他的答案。

「他叫艾妮沙亞Alethea。」他說：「全名是Adelaide Adora Alberta Angela Alisa Alethea，大家都叫她做……6A。」

「什麼？！」

「她是……你製造出來的女兒。」

《世界上不會有人，擁有無悔的一生。》

＊李安納度・達文西（Leonardo da Vinci），生於1452年4月23日，1519年5月2日逝世，享壽67歲。

第二天早上。

一切，我已經知道答案，耶穌把所知的事全都告訴我。

現在，只餘下最後的任務。

任務就是……我要眼白白地看著耶穌被折磨至死，我不能出手拯救他。

沒錯，任務的「漏洞」就是「**我**」。

只要我改變想法，拯救了耶穌，人類的歷史就會改變，世界上再沒有三份一人相信這個宗教。

我們來到了羅馬長官彼拉多的總督府外。

耶穌被帶到彼拉多總督府接受審判，而他的罪名就是「冒充猶太人的王」。本來，彼拉多想赦免耶穌的罪，他知道耶穌可以行神跡，不會是一個普通人，他不願負上殺死耶穌的責任。

可惜，最後因為猶太人群眾的抗議，而且彼拉多希望自己能成為歷史上的愛國忠臣，最後他也屈服於群眾之前。

彼拉多走到耶穌耳邊說：「我想表明我只是順應民意，殺你的是他們，與我無關，如果要懲罰就懲罰那些猶太人，又或是懲罰他們的子孫吧！」

或者，這就是命運的安排，差不多二千年後的二次世界大戰，六百萬猶太人被虐殺，死於德軍之下。

「我接受一切的刑罰，我是來代替人類贖罪。」耶穌說。

「誰要你贖罪！」

「對！死異教徒！」

「無能之輩！」

在場的群眾齊聲咒罵耶穌，說話有多狠毒就有多狠毒。

耶穌在法律上根本就沒有罪，就算有罪也罪不至死，可惜，當時的人類根本就沒法接受異己。

不，是有歷史以來，人類都不會接受意圖造反的敵人。

「行刑！」

羅馬士兵把耶穌的上衣脫下，把他綁在木柱之上，然後用一條佈滿尖銳骨頭碎片和石子的鞭子，鞭打在耶穌的背上！

一鞭一鞭的打在耶穌背上，畫出 條又一條的血痕！

本來耶穌忍著痛苦，可是，一鞭比一鞭用力，耶穌已經忍受不了，瘋狂大叫！

「呀！呀！呀！呀！」

在場的人還在歡呼喝采！

耶穌根本就沒有犯什麼姦淫擄掠的罪，為什麼要接受這樣的酷刑？

「時空……」艾爾莎表情痛苦。

「別要看。」我把的艾爾莎頭按在我的胸前：「別要看……」

士兵沒有停下來，耶穌的背上已經皮開肉綻，行刑者還在他背上的傷口吐口水，侮辱著這個自稱為王的男人！

真理是什麼？

權力比真理更大嗎？

為什麼人類會這樣？跟自己的想法不同，就用最殘忍的方法對付對方？

為什麼耶穌還要替這些人贖罪？

讓他們死去不就好了嗎？

為什麼要這樣受苦？

我腦海中不斷出現不同的問顯，而這樣的問題，根本就沒有答案。

我緊握著拳頭，一直看著耶穌被虐待到半死。

等等……不是這樣的……

就如我最初的想法，如果要犧牲行動部的隊員才可以改變世界，那真的是值得嗎？

我一定不會這樣做！

為什麼要犧牲耶穌的性命，替自私的人類贖罪？

贖他媽的罪？！

基多圖按著我的肩膊：「時空，我大概知道你的想法。」

我泛起了淚光。

他搖搖頭說：「不能……我們不能出手。」

《為了你認為重要的而犧牲自己，才是值得的。》

苦路。

結束跟虐待一樣可怕的鞭刑後，士兵命令耶穌背著自己的十字架遊街示眾，然後走向耶路撒冷城外的十字架刑場。

「猶太人的王？哈哈！你看你現在的樣子？人不似人！鬼不似鬼！」士兵嘲笑著。

「他是王！是王！給他帶上它！」

另一個士兵用荊棘造成的冠冕給耶穌戴上，荊棘尖刺把耶穌的額頭刺破。

「哈哈哈！配搭得真好！你現在就是王了！」

士兵用口水吐在他的臉上。

耶穌不發一言，背著比人更重的十字架，在大街上走著，腳步顫抖蹣跚，十字架不斷擦傷他被鞭刑後留下的傷口，全身也是血水，血肉模糊。

在旁的市民不斷侮辱他、怒罵他，拿石頭掉向他，還有用尿灑在他的傷口上，或者，比在傷口上灑鹽更痛苦。

士兵在後方繼續鞭打他，要耶穌繼續前行。

耶穌背負著世人一切的罪惡、過犯、邪念、自私、骯髒、污穢、醜陋的人性，一直向著自己的刑場進發。

疲勞痛苦的耶穌終於跌倒。

「你在做什麼？繼續走！」士兵鞭打著他：「你還未可以死，快起來！」

耶穌勉強站起來，繼續走路。

究竟有什麼人可以像他一樣，為了別人而承受這樣的侮辱與痛苦？

那個「祂」，究竟在想什麼？為什麼祂要讓自己的兒子受這些苦？人類真的這麼重要嗎？真的需要為他們救贖嗎？

耶穌忍受不住痛楚，第三次跌倒。

他已經筋疲力盡，士兵繼續鞭打他的身體，耶穌已經痛到沒有感覺。

「你是上帝的兒子嗎？那你就飛上去吧！為什麼還要走路？哈哈！」士兵繼續侮辱他：「正垃圾！」

「我……為了替你們贖罪……」

「媽的！都快死了，還說廢話！白痴！」

幾個士兵一起拳打腳踢已經傷痕纍纍的耶穌。

我……我……

我已經沒辦法忍受下去！

任務是改變世界，讓世界不改變……但現在我決定改變主意！

我要改變這個他媽的世界！

「你們停手！」我大叫。

「時空，別要！」基多圖想阻止我。

我走向耶穌的位置，幾個羅馬士兵用武器指著我！

他們手上的武器怎會是我的對手？我拿出了手槍打在其中一個士兵的小腿，他蹲在地上痛苦叫著！

「是……巫術！大家小心！」

「時空！快走！」基多圖阻止我開槍：「我們不能改變人類歷史！」

「什麼人類歷史？人類都是仆街！我要救耶穌！」我反駁。

另一個士兵向我攻擊，我一槍打在他的腹部，他痛苦倒地！

「我要一個接一個殺了你們！」我看著那些侮辱耶穌的士兵。

其他士兵看到兩人倒地，立即逃走！

「耶穌，現在快……」

當我正想說快逃走時，我看到他背著十字架站了起來，繼續向前走！

他沒有理會我的救援，我立即走到他的身邊，跟他一起背著那個沉重的十字架。

「為什麼？為什麼還要……走下去？」我問。

「時空……」他的眼神非常堅定：「這是我的任務……我要為世人……贖罪……」

「贖什麼罪？人類根本就是宇宙中最不應該存在的生物！」

他把頭緩緩地轉向我，然後微笑。

「就因為這樣，我才要為人類……贖罪。」

「什麼……」

「如果我……沒有死去，人類會沒法……生存下去……」他說：「人類不是……需要我，也不是需要……信仰，而是需要……存在『愛』的藉口……」

我聽著他的說話。

「我要讓人類知道……『愛』是存在的……這樣才會有你，還有……我們的未來……」

犧牲自己讓人類相信愛的存在！

蠢得要命！他媽的愚蠢！

根本就不需要這樣做！人類不值得他這樣做！

「媽的！」

我流下眼淚……

跟耶穌一起背著十字架繼續前進。

《就算你覺得他做錯，還是要陪他一起做的，這叫做朋友。》

*耶穌第三次跌倒之地，今日聖墓大殿的圓屋頂及半圓形前。
(Attribution: 林高志 / CC-BY-SA 4.0)

CHAPTER00014 - 新約 NEW TESTAMENT 12

各各他山（Calvary）山頂。

基多圖把剛才逃走和受傷士兵的記憶洗去，好像沒發生任何事一樣。

耶穌最終也……被釘上十字架。

最後的三個小時，他每呼吸一下，身體就會痛苦一次。

我沒有離開，一直用隱形的方法，陪伴在他身邊。

我在想，為什麼這次任務是SS級？

是因為我有能力救他，卻只能眼白白看著他死，這份煎熬，比死去更難受，我每一秒都想把耶穌救下來。

是最困難的一次任務。

我終於明白為什麼暗宇宙沒有出手，因為就憑我自己就已經可以改變歷史……

破壞歷史。

〈約翰福音〉記載，耶穌最後一句說話：「母親，看，你的兒子！」

〈路加福音〉記載，耶穌最後一句說話：「父啊，我將我的靈魂交在你手裡！」

〈馬可福音〉與〈馬太福音〉記載，耶穌最後一句說話：「我的神，我的神！為什麼你離棄我？」

不，全部都是錯的。

新約。

這兩個字代表了什麼？

是「新的約定」。

他要我對他見死不救後，跟他立下「新的約定」。

耶穌最後一句說話……

「別要改變世界，讓世界改變。」

正正跟「時空管理局」的宗旨「改變世界，讓世界不改變」相反。

他不想我改變他的事蹟，讓世界改變。

他需要犧牲自己，才會有現在的未來。

耶穌需要受難，才會有人類的未來。

這就是「上帝的計劃」。

我什麼也沒法做，只有等待他的死亡。

我看著日落，直至……耶穌最後斷氣死亡。

三天後，耶穌將會復活，世人會把「他」稱為「祂」，完成真正的人類歷史。

如果把我跟他的經歷寫成小說，也許，大部分的人都會說只是「虛構的故事」，還會說是瘋子，亂去改寫歷史。

但誰又完全清楚真正的人類歷史是什麼？

《聖經》的內容都只是人類的解讀，真正的意思，根本沒有一個完全正確的答案。

更何況，說我是瘋子、亂來又有什麼關係呢，我只不過是被侮辱，而耶穌卻是……

真真正正犧牲了自己。

耶穌的復活，其實是一種「靈魂交換」的未來科技，他的肉身真的死了，不過靈魂卻沒有，而他被虐殺的痛苦感受，同樣的沒有消失。

那些痛苦的經歷，會伴隨著耶穌，回到人類所說的「天堂」。

他會回到……6A存在的星球之中。

我看著日落的天空：「你……任務完成了。」

……

…

．

晚上。

「我們現在回去了嗎？」艾爾莎問。

「不，還有最後的工作。」我說。

「耶穌基督的任務都完成了，還有其他？」基多圖問。

「還有。」我看著他們：「最後一個……**支線任務**。」

《因為我們約定了，兌現才是最重要。》

CHAPTER00015
結束
BEGINNING

CHAPTER00015 - 結束 | BEGINNING 01

〈創世記〉記載，上帝用了七天時間創造天地萬物。

祂在第六天創造了人類，在第七天休息。

人類的文明，根據上帝創造萬物的時序，把日子劃分成星期一至星期日，一直沿用到現在。

祂用七天創造萬物，而他，用了七日毀滅萬物。

隱時空離開的第六天，太空船上僅存的人類已經死了八成，又或是變成了「死生物」的「宿體」。

暗宇宙在「時空管理局」的天台俯瞰大地，看著一些已經變成「巨型人」的「死生物」，滿足地微笑。

「死生物」就像喪屍一樣增加，人類根本沒法對付，暗宇宙只用了六天時間，已經把人類的文明摧毀。

來到隱時空離開的第七天，他選擇休息？

不，他還有最後的工作要做。

「法拉德，我代你勝出了遊戲，會有什麼獎勵呢？」暗宇宙看著人造天空。

然後，他按下了手腕的裝置，消失於空氣之中。

「死生物」會代他完成太空船上的最後工作，而他現在不是休息的時候，他要去對付……隱時空。

……

…

．

公元33年。

耶穌復活後的第四十天。

他要回去了。

歷史記載，耶穌復活後繼續施行神跡，傳播教義，最後，由天使把他帶回去「天國」。

現在正是他回去的時候，不過，他回去的不是「天國」，而是……未來的世界。

耶穌也算是一位未來人，穿梭於比隱時空更遠的未來。

他為人類贖罪的行為，已深深感染了人類，耶穌的任務，也總算是完成了。

同一時間，隱時空他們也來到耶穌回去的時間點。

隱時空說的「支線任務」，就是來這裡送行。

離耶路撒冷很遠的地方，這個荒蕪之地，後來變成了一個小漁村，最後發展成一個大城市，這地方叫……「香港」。

在後來被稱為「大帽山」的山頂上。

耶穌跟隱時空深深的擁抱。

「謝謝你當時沒有阻止我犧牲自己。」耶穌說。

「最後我也只能看著你死去。」隱時空笑說：「見死不救。」

「現在我不是復活了嗎？」他微笑：「一切都是『祂』的安排。」

「我知道，就像你的門徒彼得三次不認你，還有，我沒有堅持去救你，全都是安排，對吧？」隱時空說。

耶穌摸著他的臉，輕輕地點頭。

在監牢見面時，耶穌已經告訴了隱時空所有的事，不過，還有最後一件事，他沒有透露。

因為如果告訴了他，可能會改變歷史。

等等，他不是存在於更遠的未來嗎？已經發生的事他絕對是知道的，加上隱時空不屬於歷史中的「偉人」，不會出現時空「漏洞」，那為什麼當耶穌把「某件事」告訴隱時空後，有可能會改變歷史？

因為「祂」製造的宇宙存在著人類的認知之中，沒法解釋的事。

而這個「祂」並不是法拉德與姬露絲，也不是第一位「創造者」。

這個人類沒法認知的事，就如「薛丁格的貓」（Schrödinger's cat）實驗，室內的貓會處於生存與死亡的疊加態。

又像量子疊加與量子糾纏一樣，粒子具有自旋的屬性，當人類觀察之前，粒子會同時存在「自旋向上」和「自旋向下」的疊加狀態。

耶穌害怕隱時空會因為這一種「疊加狀態」，改變了歷史。

「都人齊了嗎？」

此時，一把聲音從不遠處傳來。

「主角是最後才出現的，不是嗎？」他笑說：「最後的遊戲開始了。」

他是……暗宇宙！

《同時愛上一個人，又同時不愛一個人，是存在的。》

CHAPTER00015 - 結束 BEGINNING 02

在他的身邊，還有兩隻「死生物」，一個的外表是凝秋香，而另一個是背心鄭！

我擋在他們身前：「終於來了嗎？」

耶穌已經告訴我，暗宇宙會在這一刻到來，我除了是送行，還有解決最後的問題！

「沒什麼，只是來告訴你，4023年的人類太空船，已經被『死生物』摧毀了。」他說。

「什麼？！」

「最後就是殺了你，完成我的任務。」暗宇宙說。

「你不能直接殺我！」我知道規則：「我又怎會死？」

「是誰說要殺你？」他做了一個手勢：「你也可以是……自殺！」

兩隻「死生物」開始向我們攻擊！

「我們來對付它！」艾爾莎說。

我們當然有備而來！艾爾莎拿出粉色短刀，向著凝秋香「宿體」攻擊！

「我也開啟戰鬥模式！」基多圖手持雙刀：「把你這些怪物碎屍萬段！」

他們二人跟「死生物」在戰鬥，我、暗宇宙，還有耶穌三個人像電影海報一樣，互相對望著。

耶穌跟我說，最後我會把暗宇宙殺死，完成整個「劇本」。

不過，就算知道結局也好，我的心跳還是跳得很快。

「你知道嗎？有什麼東西是比死更難受？」暗宇宙拿出一把伸縮長刀。

他衝向我！

我也拿出馬里奧斯給我的指甲鉗！指甲鉗變成了一把闊身大刀！

馬里奧斯跟我說，這是用最鋒利的氣體製造，可以開山劈石！

他沒有騙我，暗宇宙的伸縮刀立即被斬斷！在他身上出現的「死生物」試圖擋下我的攻擊，卻全被這把大刀斬開！

暗宇宙被迫退後，他的額上流下了血水！

「還不錯呢。」他舔著流下的血水：「身手也不錯。」

我沒有理會他的說話，現在我有絕對的優勢，因為他不能殺我，我卻可以把他碎屍萬段！

闊身大刀不只是鋒利，而且重量就只有一個指甲鉗那樣，才會被這樣命名！

我不斷揮刀，暗宇宙只能狼狽地閃避，刀鋒擦過他身體留下了傷口！

就在此時！

我的心臟突然出現強烈的痛楚！本來被我逼到死角的暗宇宙看准了時機，避開我的致命一擊！

「啊？看來後遺症出現了。」暗宇宙趁這個機會作出攻擊。

他不是向我攻擊，而是……艾爾莎！

暗宇宙瞬間轉移到她的身邊，我忍受著痛楚同樣跟著他轉移！

「去死吧！」

我雙手握刀，準備從他的正面劈下去！

就在電光火石之間，他完全不閃不避，只是在奸笑！

我的大刀在他不到三吋的額前停了下來！

「怎樣了？為什麼不斬下來？」暗宇宙說。

他問我，有什麼東西是比死更難受？

就是……

親眼看著深愛的人死去！

「死生物」的尖爪就在艾爾莎的胸前，即將貫穿她的身體，直插入她的心臟位置！

同一時間，我身邊的所有東西都停止，就連飄起的塵埃也停止移動！

就只有我跟暗宇宙可以移動！

「劈下來吧，現在只要我下一個命令，停止的時間會再次開始，然後，你深愛的艾爾莎將會被貫穿心臟而死！」暗宇宙說。

時間停頓？他……他是怎樣做到的？！

我整個人也呆了。

「現在，你只有一個選擇……**自、殺**。」暗宇宙用手輕輕撥開我的大刀：「別亂來，你不夠我快的，你知道嗎？由一開始，你已經注定不可能贏我。」

我腦海一片空白。

「因為你的意識中……存在『愛』。」暗宇宙說：「愛可以戰勝一切，可惜，同時也可以摧毀所有。」

那份無力感，讓我放下了大刀。

「你要殺了我，然後看著她被殺？還是……選擇自己了結生命？」

他露出了我從未見過的邪惡眼神：「你的選擇是？」

《水能載舟亦能覆舟，愛能救人亦能殺人。》

CHAPTER0015 - 結束 BEGINNING 03

時空旅行、瞬間轉移、清洗記憶、憑空隱形。

在未來的世界，人類通通都可以做到，不過，就只是一件事，人類的科技一直也沒法達成。

時間停頓。

人類可以在不同的時空、時間線上「移動」，創造出不同的平行時空，而在「奇異點」中，世界又會回到原來的歷史。

當中，因為「偉人」的出現，讓「奇異點」出現漏洞，才會有「時空管理局」出現來維持時空的秩序。

不過，就算來到了4023年，人類也沒法把「時間停頓」。

為什麼不可能？

比如有A、B兩間房間，A房間「時間停頓」了，A房間看到B房間的時間就會過得無限快，而B房間看A房間就會是靜止。

因為「停頓」是相對的。

問題在，現在暗宇宙跟其他物質都身處在同一房間、同一地方、同一時間、同一時空，沒有相對的條件，他不可能把時間停頓。

但他卻做到了。

「在死前，我想跟你說一件事。」暗宇宙指著停止的耶穌：「我知道他是從更遠的時空來的。」

不……不可能……他不可能知道！

我回憶起在監牢跟耶穌的對話。

……

：

．

監牢內。

「他叫艾妮沙亞Alethea。」耶穌說：「全名是Adelaide Adora Alberta Angela Alisa Alethea，大家都稱她叫……6A。」

「什麼？！」

「她是……你製造出來的女兒。」

「我製造？！」我不斷搖頭：「怎可能？」

然後，他把所有的事情都跟我解釋清楚。

我跟暗宇宙的出現，就是因為姬露絲和法拉德的遊戲，一方想維持現狀，另一方想重新開始一個「新宇宙」。

為了選出誰化成「創世粒子」、跟著誰的做法，他們用了四百五十年時間，想出了由我跟暗宇宙的生死來決定。

「其實……」他說：「我跟你所知的『創造者』，也是人類創造出來的。」

「什麼意思？」

「『創造者』是人工智能，它們創造了人類，而人類又再創造新的人工智能，成為了『創造者』。」他說：「人類、AI人工智能、人類、AI人工智能、人類、AI人工智能……不斷地循環。」

我聽到後簡直不可置信。

「根據你這樣說，現在創造人類的『創造者』，也不知道自己是被人類創造出來？」我問。

「不能說不知道，只能說不確定。」他說：「就好像人類一樣，不確定自己是由誰製造出來一樣。」

「那更高等的物種又是誰？」我問。

「上帝。」耶穌說：「創造『創造者』的人類，就是我說的『上帝』，祂知道『創造者』想重新開始一個新宇宙，祂不想讓祂們這樣做。」

三位「創造者」都以為是自己創造了時空宇宙，其實它們都只不過是更高等的物種製造出來。

而且「上帝」已經改寫了未來，第一位「創造者」的二百億年劇本，早已不存在。

更正確來說，「上帝」隱藏了「未來」，而未來的我創造了 6A，把耶穌從公元 8 年帶到更遠的時空，十八年後回來這個時空贖罪，還有把所有的事情告訴我。

「你會在苦路上阻止我，不過，你不會成功，你會眼白白看著我被虐待至死。」他說。

「不會！我不會讓你這樣死去！」

「一切已經安排好了。」耶穌說：「在我復活的第四十天，你會來送行，然後暗宇宙會出現，他會用不同的方法殺你，不過，他並沒有成功，最後被你殺死。」

真的就如他所說嗎？

「你相信我嗎？」耶穌問。

我的確有點猶豫，然後我點頭。

他的意思就是，「創造者」以為自己已經寫好的劇本，其實是由「上帝」安排，一切都只是一個安排。

那「上帝」又是誰寫的劇本？

就好像有人問世界最少的物質是什麼？微觀世界中的夸克？創世粒子？還是有更少的？

「源頭」不可能被找到，不過可以肯定，我們人類，只不過是時空、宇宙中的……一粒微塵。

《源頭的源頭，無限的無限，都是循環。》

CHAPTER00015 - 結束 BEGINNING 04

公元33年的香港。

為什麼……為什麼跟耶穌所說的不同？！

暗宇宙不是會失敗嗎？我不是會殺死他嗎？

為什麼現在卻變成他威脅我？！

「你的選擇是？」暗宇宙問。

我汗水流下。

「放心吧，你死去後，我殺她已經沒有任何意義，我承諾不會殺死艾爾莎。」暗宇宙說：「來吧，讓你的時空故事結束吧！」

不！我不能讓艾爾莎死去！

只要我選擇……自殺！

「你為什麼……知道耶穌是從更遠的時空而來？」我問。

「死前還想知道答案嗎？」暗宇宙說：「因為『創造者』的能力，已經在『上帝』之上！而且『上帝』根本就沒法完全控制『創造者』。」

「什麼？」

「就如人類一樣，『創造者』已經不能完全控制人類，同樣的，人類也不能完全控制自己創造的人工智能，一層一層。」他張開了雙手：「宇宙、空間、時間，經歷了比你想像更多更多的時間，才會來到現在這一步！」

他已經知道有更高等的「上帝」，即是說「創造者」也同樣知道。

「創造者」已經凌駕於更高等的「上帝」？

如果是這樣的話，耶穌跟我說最後會殺死暗宇宙的情況……不會出現？

「本來我可以更早殺了你，不過，我決定留到現在，遊戲才好玩呢。」暗宇宙說：「好了，快決定吧，殺了我，還是自殺？」

他的問題，就像問我……

你要拯救全宇宙，還是要拯救一個深愛的人？

我再次起拿起大刀，把刀鋒轉向自己！

「這樣就對了，嘰嘰。」他看到我的舉動非常高興。

我想起了中學時代，為了阿凝我挺身而出！就算最後我被人歧視、被人取笑，我也選擇幫助她！

我要拯救一個重視、深愛的人！我才不會理會其他人！

我一直也沒有改變！

一直也沒有！

對不起！！！死就死吧！！！

「呀！！！」

……

：

．

4023年太空船上。

「死生物」的手變成了黑色手刀，插入的竹志青的身體，然後，它把竹志青像垃圾一樣隨便亂拋。

它不是可以入侵竹志青的身體嗎？

不，已經不需要再多的「宿體」，「死生物」就像在跟人類說：「我們已經他媽的足夠了。」

「志……志青……」

滿身傷痕的雪露絲在地上慢慢爬向他，她現在連站起來的氣力也沒有。

「別要死……別要……」

太空船上擁有戰鬥能力的，都已經接近全軍覆沒，沒有了弗洛拉的疫苗阻止「死生物」入侵，根本沒有任何的勝算。

餘下還未死的人類，只是在……等死。

等到「死生物」把全部的人類殺光，這個時空，將會是人類的真正滅亡。

不是已經向其他星球求助嗎？

沒有，所有從太空船發出的訊號也被攔截，而且，再多的生物到來，只會不斷增加「死生物」的數目。

人類，已經沒有任何勝算了。

行動總部內。

金大水替重傷的秦伯傑治療傷勢。

「沒用的……」秦伯傑吐出了鮮血：「我已經不行了……」

「別要說這些！」金大水激動地說。

「快帶走……生存的人……離開太空船……」

金大水看著頹垣敗瓦的行動總部，還有滿地的屍體，他……還能帶誰離開？

「你在這裡休息一下。」金大水把他放在地上。

已經沒有退路了。

「嘿，我才不會逃走。」金大水看著面前一群「死生物」：「就算要死，我也要……戰死！」

《你會拯救其他人，還是深愛的人？》

「意識人」區內。

「妳……快走……」竹志青痛苦地按著自己的傷口，再次站起來：「我引開它們……」

「我們還可以……走到哪裡……」雪露絲流下了眼淚。

「只要還有人類……就還有希望……」竹志青大叫：「來吧！你們以為可以殺得死我嗎？」

十隻以上的「死生物」看著竹志青。

「嘿嘿嘿，我是第十三小隊最強的成員……竹、志、青！」

他衝向了「死生物」群，一刀把最前方的攔腰斬開！不到一秒，第二隻已經出現在他的面前！

「全部給我去死！」

以一敵十！

竹志青發出了最後的咆哮，不斷斬殺前來的敵人，不過，他已經身受重傷，現在的他只是在垂死掙扎。

一隻「死生物」走到竹志青的身後，它的手刀已經對準他的喉嚨，竹志青沒有發現它的偷襲！

手刀快速刺向竹志青，竹志青即將戰死於此！

就在半秒的生死之間……

「死生物」的手刀被發來的子彈打斷！

竹志青驚醒，回頭一刀插入它的身體！

同一時間，包圍他的「死生物」一隻又一隻倒下！

「發……發生什麼事？」竹志青呆了一樣看著。

「起不起，我們來遲了。」一把聲音出現在竹志青的後方。

隱形系統解除，一個女生站在他的面前，不，不是一個人，而是十數人出現在他的面前！

他們的制服寫著「時空管理局」（TimeLine Restart），不同的，是他們全身也是黑色的，跟竹志青他們的制服完全不同！

一個人扶起了重傷的雪露絲，替她治療。

竹志青從來也沒見過這些人，難道宇宙還有其他的人類？

不，已經沒有其他的人類。

「你們……你們是誰？」竹志青問。

「前輩，我們是來消滅『死生物』的人！」她微笑說。

她的笑容很像一個人，很像……

「我叫艾妮沙亞，你可以叫我6A！」

……

…

.

機械工程部。

「為什麼不動？！快起來！」駕駛著元祖高達的馬里奧斯大叫。

「已經超出負荷，沒法行動。」

元祖高達左手已經斷掉，單膝跪在地上。

馬里奧斯看著眼前十數隻巨型合體「死生物」：「不行！還有很多！不能倒下！不能！」

巨型「死生物」伸出了長觸鬚，貫穿了元組高達的身體！

「傷害指數90%……已經……不能移動，馬里奧斯你快逃離機艙。」

「嘿，我才不會逃，要死，我就跟你一起死吧，元祖！」

這次巨型觸鬚向著駕駛艙直飛！馬里奧斯合上了雙眼！

「大家，我要先走一步了。」

突然！！

一束激光把巨型觸鬚打斷，同一時間，元祖高達慢慢站起來，有東西把高達扶起！

馬里奧斯完全不知道發生了什麼事，他打開了眼睛，眼前看到的……

「媽……媽的……」

他全身也起了雞皮疙瘩。

「辛苦你了，馬里奧斯博士。」一把聲音傳到機艙之內：「現在就交給我們來戰鬥吧。」

在馬里奧斯的螢光幕前，出現了一隻紅色的……

三一**萬能俠**！

同一時間，其他的機體從天而降！

鐵人28！《超時空要塞》的VF－1J！紅蓮聖天八極式！EVA一號機！鐵甲萬能俠！《反叛的魯路修》蘭斯洛特！《魔神英雄傳》龍神丸！自由高達！正義高達！命運高達等等！

還有……鹹蛋超人！

有玩過《超級機械人大戰》嗎？

不同的，現在不是在玩遊戲，而是真實的機體出現在世界上！

「為什麼……」馬里奧斯不敢相信眼前畫面：「你們是……」

「博士，就因為有你的機械研發，未來才有這些機體。」

馬里奧斯不太明白他說話。

「只有做好被殺覺悟的人，才有資格開槍！」其中一位駕駛員讀著魯路修的台詞。

「我們一起上！」

全部機體向著巨型「死生物」攻擊！

馬里奧斯感動得……眼淚流下。

《絕望就是，放棄了希望。》

CHAPTER00015 - 結 束 BEGINNING 06

公元33年。

我再次起拿起大刀！

我想起了，中學時代為阿凝挺身而出，就算最後我被人歧視、取笑，我也選擇幫助她！

我一直也沒有改變！！！

對不起了！！！死就死吧！！！

「呀！！！」

就在我劈向自己一瞬間，立即把刀再次轉過去，反方向攻擊暗宇宙！

對不起！

艾爾莎，對不起！

或者，我被耶仔的「大愛」影響，又或者，我內心是選擇相信耶穌的說話！

我相信他！我可以打敗暗宇宙！

堅定的相信他！

暗宇宙完全估不到我會反悔！在我劈下來的半秒間，他解除了「時間停頓」！

我的大刀已經劈在他的身上！

「去死吧！」

「媽的！！！」

我用盡全力，毫無保留！我一定要把暗宇宙劈殺！讓現在的宇宙維持現狀！

鋒利的闊身大刀，從他的手臂傾斜劈下，直接把他……**分成兩半！**

我看著暗宇宙驚慌的樣子，不過，這已是他最後的表情！

我再沒理會他，立即看著艾爾沙的方向！

因為「時間停頓」終止，「死生物」的刀將會插入艾爾莎的心臟！

「這……」

血水從身體流下……

從「他」的身體流下！

耶穌在最危急之際，推開艾爾莎，手刀插入了他的心臟！

「死生物」拔出了手刀，想再次攻擊，艾爾莎立即還擊，把它的頭顱整個劈下！

「耶仔！」

我立即抱著他，同一時間，基多圖已經解決另一隻死生物，走了過來。

「快替他治療！」我大叫。

耶穌口吐鮮血，慢慢地說：「沒……用的，劇本已經……一早寫好了……」

我終於明白，當時為什麼耶穌會問我「相不相信他」。

他怕把自己代替艾爾莎死去的真相告訴我，然後我會改變主意，決定自殺，他……一早已經知道自己會被貫穿心臟！

基多圖和艾爾莎在搶救他！

「這次……沒有人可以救我了……」耶穌微笑說。

「耶仔別要死！」我說：「一定有方法可以救你！」

耶穌搖搖頭：「這次不同的……之前的復活是利用靈魂交換的方式，而這次……已經沒法救我了……」

「別要死……謝謝你救了我……」艾爾莎緊緊握著耶穌的手：「別要死！」

「未來的世界就交給你們了……你們的……新世界。」他的表情祥和沒有痛苦：「別要忘記我們的『約定』……這次我的死……是必然發生的，別要改變世界……讓世界改變。」

我的淚水流下。

「再見了，我會……永遠與你們同在……」

耶穌緩緩地合上眼睛。

我看著基多圖，他搖頭。

這次，耶穌再不能復活，真真止正離開了這個世界。

暗宇宙是驚慌地死去，而他卻是……微笑地離開。

或者，人類會質疑，為什麼《聖經》記載耶穌升天後，就再沒有出現？再沒有出現顯露神跡？

我終於知道答案。

他帶給人類的，就是有關「愛」。

我從來也不相信「神」，不過，我卻相信……「愛」。

……

…

．

「*耶穌基督，SS級任務，完成」。

《為何被記載？都全因有愛。》

*耶穌基督，生於公元前4年（時空管理局歷史），公元33年逝世，享年37歲。

CHAPTER00016
開 始
ENDING

CHAPTER00016 - 開 始 ENDING 01

4023年。

暗宇宙死去的一個月後。

因為未來的「時空管理局」來到這個時空幫忙，最後也戰勝了「死生物」大軍。

被「死生物」入侵的人類，只要在入侵四十八小時之內注射疫苗，就可以回復過來。

生物部的弗洛拉不幸身亡，不過，她最後也拯救了人類。

因為未來的醫療科技，最後太空船上五十萬的人類，沒有全部死去，餘下二十萬人。

就在他們離開之前，我跟艾妮沙亞見過面。

它是我製造出來的女兒，同時，樣子長得很像艾爾莎。

雖然它是我的女兒，不過年齡卻比我大很多，它說在它的時空，我已經死去，不過，死前的我為了未來的人類、未來的世界作出很大的貢獻。

艾妮沙亞沒有告訴我太多在未來世界的事，我只知道，它是比基多圖更先進的AI人工智能，而像我一樣的人類，在未來已經所剩無幾。

不過，它們亦開始製造新的「人類」，就如耶穌所說的，人類、AI、人類、AI，不斷循環去創造新的未來。

在它離開之前，我問了它一些問題。

「最後……我是留下來？沒有回去2023年？」

「秘密。」它笑得很甜：「你就依從你自己的決定吧，爸爸。」

現在的4023年，依然是「時間的盡頭」，未來的世界已經禁止讓人類去更遠的未來。

而無限個平行時空會繼續下去，當然，「偉人」出現的時間「漏洞」還需要「時空管理局」去修補。

殺死暗宇宙之後，我也沒見過法拉德和姬露絲，還有比他們更高等的「上帝」。或者，「上帝」已經懲罰了兩位「創造者」。

最後，「創造者」也沒有凌駕「上帝」，那我們人類也同樣的沒法凌駕「創造者」？

怎樣也好，代表姬露絲的我最後勝出，第一位「創造者」創造的宇宙可以繼續下去。

我還問了艾妮沙亞很多未解開的問題，比如為什麼4023年的人類沒有耶穌的記載。

艾妮沙亞說，因為要隱藏耶穌是去了更遠的未來人，讓所有人類都不知道還有更遠的未來，要這樣做才會有今天的結果。

當然，現在4023年的人類，已經知道有更遠的未來了。

另外，我追問了有關「時間停頓」的問題。

因為要有「相對」這個條件，才可以出現「時間停頓」，當時我、暗宇宙跟其他人都在「同一間房間」，沒有相對條件，為什麼他可以把時間停頓？

「錯了，其實『創造者』已經可以做到時間停頓，當時你跟暗宇宙的身體被某些物質包圍著形成了『房間』，你們其實就在B房，而外面的世界就是A房。」艾妮沙亞說：「所以你們跟他們不是身處於同一間房，而是分開的。」

「好吧，我……大概明白妳的說法，不過，真不公平呢，暗宇宙好像有無數的能力，而我卻什麼也沒有。」我說。

「爸爸，你有。」艾妮沙亞依靠在我的肩膊：「你有的能力，就是**友情**、**親情**、**勇氣**、**決心**，**還有……愛**。」

我苦笑了，這不是一個普通人應有的嗎？為什麼她會覺得是能力？

或者，在她的眼中，這就是人類最大的「力量」。

我們一起看著正在重建的太空船。

度過父女的時光。

《人類本來就擁有，最強大的力量。》

CHAPTER0016 - 開始 ENDING 02

那些讓人頭大的時空理論，我已經不想再聽了，現在最重要的是重建人類的文明。

人類打敗「死生物」後，生還的人類把死者的遺體送到「奮戰紀念」墳場，悼念為了人類文明而奮戰犧牲的人類。

當中，包括了司令羅得里克、生物部的弗洛拉、各小隊犧牲的隊員，還有其他的人類。

議會決定司令的位置由行動部的長官吉羅德臨時擔任，表揚他領導人類奮戰。

而生物部的管理人，暫時由化學部主管來擔任。

太空船上的科技非常厲害，只用了一個月的時間，已經回復從前面貌的七成，不少生存下來的「意識人」也加入了「活動人」的世界，不再躲在那個美好的夢境之內。

馬里奧斯跟我說，出現眾多機體都是因為我曾跟他說過遊戲《機械人大戰》，他在未來才開始研發的。

在我本來的時空，玩《機械人大戰》總是被人說是宅男，現在，終於知道打機其實可以……拯救世界，嘿。

另外，我跟科技部的亞伯拉罕討論過，一直以來，我們都覺得人類只是宇宙中的微塵，人類只是其中一種物種，但依照《聖經》的說法，我們並不如此。

〈創世記〉記載「上帝」用七天創造天地萬物，除了第七天休息，第四天做「眾星」，即是宇宙；而在第六天做「人」，人類就等於宇宙中的「生命體」，如果人類只是普通的存在，「上帝」才不會造好了一切，留到最後一天才去製造「人類」。

在祂的心中，人類是非常重要的。

至少我是這樣覺得。

話說回來，究竟是「創造者」創造整個宇宙時空的劇本？還是「上帝」讓「創造者」去寫出這個劇本？還是有更高等的智慧創造「上帝」去創造「創造者」的劇本？

未來是「命定」還是可以「改變」？是無限個平行宇宙，還是原本只有一個？

算了，還是不要去找答案，我都說不想再去想讓人頭大的時空理論。

怎樣也好，最重要的是……**我們真實的存在著**。

這個時空的「時空管理局」還有很多事要忙，比如跟其他平行時空的管理局交代事件，還有向其他外星生物解釋事情，看來，未來的日子還有排忙。

時間可以停頓，但人類卻不能。

今天，是十三小隊再次集合的日子，我跟艾爾莎來到了會議室。

慶幸地，金大水、竹志青、雪露絲都沒有在「奮戰戰役」中死去，我們十三小隊總算是齊齊整整。

「新仔，來了嗎？」竹志青走同我。

我看著他制服上的勳章，寫著副隊長。

「現在我升為副隊長，你這個新仔要聽我的話。」

「副隊長又如何？」我說：「我才不會聽你這個瘦骨仙的說話。」

「頂撞上司！立即做一百下掌上壓！」

「我才不理你！」

「好了好了！」金大水隔開我們：「哈哈！看到你們這麼有活力我就放心了，你們的友情愈來愈好！」

「鬼才跟他好！」我們一起說。

「雪露絲，妳在看什麼？」艾爾莎問。

「《別相信記憶》啊！」雪露絲說：「我覺得很奇怪，作者寫耶穌靈魂交換，好像跟我們經歷的不同！」

「我一直以為這個作者寫的是預言，原來真的只是小說啊！」艾爾莎說。

我把她的電子書拿走：「才不是小說這麼簡單，也許又是另一個平行時空的故事呢。」

「好了好了，今天的會議正式開始。」金大水說：「能夠見到我們十三小隊的隊員真好！如果你們都死了，我也不知道怎樣好。」

「隊長，別要說這些不吉利的說話好嗎？」雪露絲說。

「我只是有感而發。」金大水說：「這次我想介紹一位新的成員，他獲安排加入我們十三小隊！」

作戰室的大門打開。

「Hello！Everybody！」

「什麼？李小龍？！」

《只要是真實的存在過，那怕是命定？還是改變？》

CHAPTER0016 - 開始 - ENDING 03

我怎會不知道他是誰呢。

他用拇指擦擦自己的鼻子說：「我讀書少，你不要騙我。」

「不像不像。」我搖頭：「語氣應該更沉鬱，要令別人覺得不能小看你。」

「很失望呢。」它說。

「基多圖將會以特殊的身份，加入我們十三小隊，大家給他一點掌聲！」金大水在拍手。

掌聲疏落。

「你要聽我這個副隊長話，知道嗎？」竹志青說。

「知道！竹副隊長！」基多圖做出一個敬禮的手勢。

「太好了！基多圖成為了我們的隊友！」艾爾莎抱著他。

「多多指教。」雪露絲說。

嘿，還不錯呢，有了基多圖，十三小隊一定會變成更強大的隊伍，那我就放心了。

「另外……」金大水看著我：「時空，你自己說吧。」

「好。」我看著他們：「我暫時要離開十三小隊。」

「什麼？」

他們的反應非常大，包括了艾爾莎，她並不知道我的決定。

「為什麼要離開？你不早跟我說？」艾爾莎問。

「我一直有跟妳說啊，要回去屬於我的時空。」我說：「我只是想……」

亞伯拉罕跟我說，我回去的「約束」已經被解除，我已經可以回到屬於自己本來的世界。

艾爾莎沒等我說完，已經轉頭離開。

「等等……」

「還『等等』什麼，快去追吧，新仔。」竹志青說。

我二話不說，立即追出去，艾爾莎已經瞬間轉移離開了。

不過，我知道她會去哪裡，我立即瞬間轉移到可以看到人工日落的天台。

艾爾莎坐在石壆上，看著日落。

我坐到她的身邊。

「你……真的要回去嗎？」艾爾莎突然問。

「對，我只是回去看一看阿凝，很快會回來，妳不用擔心呢。」我說。

「你回去後，就不會記得我了。」她雙眼泛起淚光。

「什麼？我不明白你的意思。」

「你不知道的嗎？」

「不知道什麼？」

「如果你回去，會被刪除所有有關我們的記憶，你不會再記得我！」

我呆了一樣看著她。

我完全不知道有這回事，我以為就像我來到4023年這麼簡單。

艾爾莎突然抱著我：「我可以反悔嗎？不想你忘記我，我不想喜歡但不能擁有，我不想你只能永遠成為我的回憶……」

我拍拍她的頭：「傻瓜，我不知道會是這樣，讓我問問亞伯拉罕有沒有其他的方法。」

她點點頭。

「妳忘記了嗎？我們在IFC的天台，我快要跳下去時，對妳做過什麼？」我問。

艾爾莎沒有回答我，直接做著我當時所做的事。

吻在我的唇上。

我們經歷了這麼多，我又怎會拋下她？

我又怎可能選擇忘記她呢？

……

……

……

這天晚上，我跟艾爾莎來找亞伯拉罕。

「沒辦法，因為你不是4023年時空的人類，如果你要回去，我們必須清除你的記憶。」亞伯拉罕說：「太空船才剛慢慢回復過來，議會不想再出現更多的時空混亂。」

「如果我偷偷回去……」我在想鬼主意。

「也不能，因為他們已經輸入了你回去就會永久清除你記憶的程式，你偷偷回去也不能。」他說。

「這樣說，我已經……」我帶點失望：「不能回去我本來的時空了……」

「對，除非你想永遠忘記我們。」

「不過，如果你回去，卻可以回到阿凝身邊。」艾爾莎好像在提醒我。

這個傻瓜，明明就不想我走，卻要這樣說，她大可不提阿凝，不過，她卻是一個善良的女生。

我在這裡的回憶、經歷、身邊的朋友、隊友，還有艾爾莎，我一點也不想失去。

這些經歷與回憶，是真正用錢買不到的東西，就算回去後亞伯拉罕給我用之不完的錢也買不到。

不過，阿凝……

「艾爾莎，我想妳幫我做一件事。」

《錢很有用，但錢買不到的東西，多的是。》

CHAPTER00016 - 開始 ENDING 04

2028年。

隱時空已經失蹤了五年。

新娘房內。

「秋香，妳是我見過最漂亮的新娘！」化妝師說。

「妳是在讚賞自己的化妝技術嗎？」凝秋香笑說。

「我來看看我最漂亮的新娘！」

新郎周隆生走進了新娘房，這數年來，周隆生依然疼愛著凝秋香，凝秋香知道他是真心愛著自己，所以她決定嫁給他。

「全場最漂亮的人就是我太太！」周隆生吻在她的手上：「太美了。」

「好了好了，說多了就變假。」凝秋香莞爾：「對，座位表上……」

「老婆大人我已經準備好了！」周隆生說：「我已經留了一個位置給他。」

「抵錫。」凝秋香吻在他的臉上。

「不過，其實都已經過了五年，我覺得他不會來的了。」周隆生說。

「不，我知道他一定會出現，他答應過我的。」凝秋香微笑。

「好吧，別要抱太大的希望，不過怎樣也好，我也會支持妳的決定。」

「好老公！」

「好老婆！」

「你們……耍夠花槍了嗎？」化妝師說。

他們兩人一起看著化妝師笑了。

凝秋香看著周隆生手上的座位表。

沒錯，她還沒有放棄，在座位表的中學同學席上，寫著一個人的名字，就是……

隱時空。

……

…

.

中學同學席上。

「現在多了一個位置，要不要替你們收起用具？」服務員禮貌地問。

「不！他可能會來的！不用收！」時空的好友黃添山笑說。

「添山，這是留給誰的？」他的女友問。

「一個已經失蹤了五年的朋友。」黃添山說。

「失蹤了五年？他會出現嗎？」

「我也不知道。」黃添山搖搖頭：「不過，我跟新娘都相信，他不會就這樣離開的。」

黃添山看著沒有人的座位，回憶起跟隱時空的過去。

他微笑了，跟他的回憶總是快樂的。

婚禮宴會很快開始。

整個婚禮充滿了喜悅與感動，尤其是新娘新郎在台上致詞時，說到他們是由中學同學開始，在這個關係複雜的社會，還有幾多人的結婚對象是中學同學？

不會太多。

宴會非常順利，凝秋香不時留意著中學同學席，她希望可以看到隱時空的出現。

可惜，宴會來到尾聲，座位上還是空無一人。

她跟黃添山對望了一眼，黃添山搖搖頭。

她點點頭。

其實凝秋香又怎會不知道，一個已經失蹤了五年的人，怎可能突然出現呢？

她只是想讓隱時空知道……

我從來也沒有忘記我的好朋友，沒有忘記你。

宴會結束後，賓客也離開了，只餘下主家席的人與兄弟姊妹，當然，還有今晚的主角新娘新郎。

新娘房內。

凝秋香突然感覺到什麼似的，看著前方，不過，什麼也沒看到。

「終於完成了。」周隆生坐到她的身邊。

「親愛的，有沒有醉？」凝秋香問。

「今晚劍雄替我了頂了很多酒。」周隆生說：「果然是好兄弟！」

國劍雄給他一個讚的手勢。

「今天真的比我想像中順利啊。」凝秋香說。

「對，不過隱時空還是沒有出現。」周隆生牽著她的手：「別要失望，知道嗎？」

凝秋香從新娘房往外看，空無一人的中學同學席，侍應生正在清理。

「沒有。」凝秋香微笑：「我知道總有一天他會出現的。」

就在此時，一位侍應生走向他們。

「對不起，你們朋友留下了東西。」侍應生指著中學同學席：「好像是給新娘的。」

「什麼？」周隆生說。

凝秋香的心跳加速，立即走向中學同學席！

就在隱時空的空位上……

《只想妳幸福地穿上婚紗，就算新郎不是我。》

CHAPTER00016－開始－ENDING 05

在餐碟上放著一隻耳環。

跟時空送給阿凝一模一樣的耳環！瑪麗蓮．夢露的耳環！

阿凝用手掩著嘴巴，雙眼泛起淚光。

「阿隱……」

在耳環的旁邊，放著一幅捲起了的字畫。

「這是什麼？」周隆生也走了過來，然後打開了字畫：「這是……」

字畫的題識寫著「結侶春山游，悠然共携手，何處鳥聲聞，嚶嚶似求友」。

旁邊有一個鈐印，還寫著「唐寅題」。

唐寅即是……唐伯虎！

「這是真跡嗎？」周隆生問。

「看來不是了。」國劍雄指著畫的上方：「『給凝的禮物』，如果是真跡，才不會亂加字上去吧。」

「是阿隱！阿隱來了！一定是他！」

阿凝立即走出宴會大門，四處張望，可惜卻沒有半個人。

周隆生也跟著走了出來，輕輕抱住阿凝的腰：「秋香……」

「是他，一定是阿隱！」阿凝微笑同時流下眼淚：「他來了，他遵守承諾，給我送結婚禮物！」

「對，時空這個蠢材，一定來看我們了。」周隆生笑說：「來祝福我們了。」

阿凝並不知道時空是不是真的來了，不過，她寧願相信，他真的有來過。

他們一直看著沒有星星的夜空，微笑了。

「阿隱，謝謝你。」

……

…

.

正德四年（1509年），桃花塢。

一所客棧內，兩個人正在聊天。

「你也太厲害了吧？畫相同的畫可以完全一樣！」他說。

「當然！我是賣畫維生的，每天也不知畫多少幅這樣的畫！」他喝著酒。

「可以替我多寫幾個字嗎？」他問。

「寫什麼？」

「給凝的禮物！」

「小子，你真麻煩！好吧！」他在畫上寫著：「這是送給喜歡的人嗎？」

他微笑說：「對，是一個喜歡而不能擁有的朋友。」

「喜歡又不能擁有的朋友？」他大笑：「有趣！我喜歡！我喜歡像你一樣的瘋子！」

然後，他們惺惺相惜一起說：「別人笑我太瘋癲，我笑他人看不穿！」

他們又一起大笑了！

他們就是……***唐伯虎與隱時空！**

時空是如何得到唐伯虎的真跡？

就是以一物換一物！

「小子，其實這東西有什麼用？」唐伯虎拿起一樣東西。

「是一面鏡子！圓形的鏡子！哈哈！」時空笑說。

「背面呢？畫著的這個人是……」

「周星馳！」

「哈哈！有趣！有趣！」

或者，根本就沒有人會想到，時空用一張1993年上映的《唐伯虎點秋香》VCD，換到了唐伯虎的真跡！

這不就是真正的「別人笑我太瘋癲，我笑他人看不穿」？

這個世界上只有一幅的真跡，就是時空送給阿凝的……

結婚禮物。

唐伯虎送給秋香的結婚禮物。

《結果總不完美，卻選擇相信你。》

＊唐寅，字伯虎，生於成化六年（1470年），嘉靖二年（1524年）逝世，享年54歲。

CHAPTER00016 — 開始 — ENDING 06

時間回到婚禮散席時。

大部份賓客都離開了，有一個人卻偷偷出現在中學同學席上。

她是……艾爾莎。

因為時空不能回到他本來的時空，不過，艾爾莎得到了亞伯拉罕的批准，可以代替時空回去，然後放下了他送給阿凝的禮物。

她從另一個時空拿走瑪麗蓮．夢露的耳環，當然，還有唐伯虎的字畫，都放在桌上。

「應該可以了，嘻。」

完成後，艾爾莎沒有離開，她來到了新娘房，她想再一次親眼看看阿凝，看看自己喜歡的男生，曾經喜歡的女生。

當然，她是隱身的。

「真的很漂亮。」艾爾莎看著阿凝心中想。

此時，阿凝突然看著艾爾莎，艾爾莎非常緊張。

世界上，兩個對隱時空來說最重要的女生，就如隔著兩個世界一樣對望著，當然，阿凝卻不知道艾爾莎的存在。

「傻瓜，她看不見我的。」她傻傻地笑著：「好了，我要回去了，再見了。」

艾爾莎按下了手腕，消失於2028年的新娘房中。

很快她已經回到了隱時空的身邊。

其實，隱時空一直看著整個婚宴，在另一個時空，祝福著他一生之中最好的朋友。

「艾爾莎，謝謝妳幫忙。」時空說。

「不用謝，我也想見見阿凝呢。」艾爾莎依靠在他的肩膀上。

畫面中，阿凝發現了時空送給她的結婚禮物。

「是阿隱！阿隱來了！一定是他！」

時空的淚水，在眼眶中打轉。

「阿凝，對不起，我不能親自來祝福妳。」他說。

艾爾莎撫摸著他的臉頰。

畫面繼續播放。

「是他，一定是阿隱！」阿凝微笑同時流下了眼淚：「他來了！他遵守承諾，給我送結婚禮物！」

時空看到這裡已經不禁掉下眼淚。

畫面來到大門外。

「對，時空這個蠢材，一定來看我們了。」周隆生笑說：「來祝福我們了。」

他們一直看著沒有星星的夜空，微笑了。

「阿隱，謝謝你。」

「不用謝，這是我的……」時空抹去淚水微笑：「承諾。」

隱時空，終於兌現了承諾。

給阿凝送上了結婚的禮物。

「喜歡但不擁有，你永遠是我的回憶。」

XXXXXXXXXXXXXXXXXXXXXX

4023年，六個月後。

不經不覺過了半年時間，「時空管理局」已經回復正常運作，不過，有些情況已經不同，從前「任務為先，生命危險在後」的說法已經改變，變成了……

「生命為先，任務成功在後」。

而我們十三小隊的每一個隊員，制服上都多了一個「榮譽勳章」，艾爾莎成為了第二位獲得此勳章的女生，而第一位，就是她的母親。

而我的心臟問題也有好轉，看來，這是我勝出遊戲的獎勵吧。

回想起來，我的經歷的確有點像耶仔，是不是祂有心的安排？

死去的耶仔成為了人類的「神」，而我還是一個普通的「人」。

沒得比較呢，算了，至少我還生存著。

第十三小隊會議室。

「第十三小隊隊員！」金大水說。

「是！」我們精神地回應。

我、艾爾莎、基多圖、竹志青，還有雪露絲都在。

「有新的任務了，這次需要全體出動，你們已經準備好了嗎？」金大水問。

「隊長！這次是什麼任務？需要我們全體一起行動？」雪露絲問。

「因為這次是非常艱難的任務。」金大水說。

「不，任務等級才E，不是什麼艱難任務吧？」竹志青不太滿意。

「雖然是E級的任務，不過卻是一次非常複雜的任務！」金大水說：「大家要打醒十二分精神！」

「知道！隊長！」約翰・連儂說。

不，應該是約翰・連儂（John Lennon）外表的基多圖說。

「隊長，別要賣關子好嗎？」艾爾莎問：「任務的目標人物是誰？」

然後他說出了一個名字。

「什麼？！是他？！」我非常驚訝：「不過，任務等級是E，也很正常吧。」

「對，他又不是什麼非常偉大的人。」竹志青認同我的說法。

「好了！準備好三小時後出發！」金大水說。

「知道！」我們全體說。

我看著「他」的資料。

「你都有今日了，嘿。」我傻傻地笑著。

……

……

……任務等級E。

……

……

……目標人物，孤泣。

《願你有一個精彩的「未來」，還有……無悔的「過去」。》

時空管理局

第二部　完

後記

「我們改變世界，讓世界不改變。」

什麼才是真實的？

能讀到的歷史就是真實？那沒記載的呢？誰又可以肯定，歷史故事都沒有錯？就沒有另一個版本？

就因為這些問題，我決定執筆寫這個故事。

「死就死吧！」

你們能看到隱時空的改變嗎？人就是在艱苦經歷中不斷成長，隱時空是這樣、我是這樣、你也是這樣，而每一個人的故事，都是獨一無二的。

《時空管理局》應該是我做得最多資料搜集的一部小說，梵高的過去、愛因斯坦的相對論、希特拉的集中營、織田信長的戰國時代、耶穌基督的苦路、量子力學、《星夜》名畫、納粹黨、日本大名、耶路撒冷等等，我要依照已有的歷史去創作新的故事。

寫作期間，我有一個非常喜歡感覺，就是……「很好玩啊！」

當我想到可以跟梵高對話時，心中總是有一份酸溜溜的感覺；當我想到跟織田信長對抗敵人時，又會湧現出那一份千軍萬馬的氣勢。

我就像隱時空一樣，回到了過去，經歷一次歷史一樣，你說不是很好玩嗎？嘿。

其實故事還有很多發展空間，畢竟世界上有太多的「偉人」。不知道呢，可能「時空管理局」將會在未來繼續他們的故事。

十三小隊的故事。

除了很喜歡隱時空與艾爾莎那一段情，我也很喜歡阿隱與阿凝的那一段友情。

「喜歡但不擁有」。

不知道，你的人生中有沒有過這樣的一個人呢？

不用說出口，在心中給自己一個答案吧。

回憶又來了。

願你有一個精彩的「未來」。

還有……無悔的「過去」。

孤泣字

5/2023